HELLO EDITIONS

www.helloeditions.fr

ISBN 9782384622160

Jean-Pierre SAKALAKIS

COMMENT J'AI RATÉ LAURE

HELLO EDITIONS

Dédicace

Voici quelques souvenirs de ma propre vie, des souvenirs véridiques, une histoire vraiment vraie enfin presque, un peu arrangée pour la forme, mais le fond y est. Tout y est pour de vrai. Quelques souvenirs agrémentés de quelques paroles de chansons, mais les plus belles. Comme un hommage à la grande chanson française. Qui est très grande toutes époques confondues.

Quelques souvenirs pour rendre hommage à Christophe parti trop tôt. C'est ce qu'on dit, mais c'est tentant. Christophe a chanté « Aline et les Marionnettes », mais avec cette chanson : « La Man », il rejoint les plus grandes chansons de notre époque telles « L'imprudence » de Baschung et « La chanson de Dolorès » de Murat qu'on appelle aussi « L'irrégulière ». Avec « Les Mots Bleus », il aura la vie éternelle.

À la fin Christophe devient l'un des grands de la chanson. Il rejoint presque Murat au sommet de son art. Alors voici quelques souvenirs en hommage au dernier des Bevilacqua du Tourne Coeur du Dandy un peu vieilli. Du Beau Bizarre. Du chanteur Christophe. L'amoureux de Michèle Torr. Avant.

Mais avant mon histoire, les quelques souvenirs commencent par une présentation de cette fille, de cette jeune fille que l'on connaît, que tous les Hommes et toutes les Femmes ont croisée un jour dans leur pauvre vie et qui s'appelle Laure. Qui est La Man.

Merci pour votre attention.

1

Elle veut tant de choses

Renverser le ciel

Les paupières mi-closes

LES CHOSES LES PLUS BELLES.

Tu peux tout rater dans ta vie, tu peux même rater ta vie tout entière avec les honneurs bien sûr, la satisfaction du devoir accompli, mais attention tu le sais, on a plusieurs vies. Celui-là par exemple, il a réussi sa vie d'artiste, mais il a fini seul, abandonné, un vrai clodo, ruiné. Alors fini la vie d'avant. Adieu la vie des hommes, les Saints du calendrier. Un jour la belle est arrivée. Pour le beau qui fait rêver les filles. Qui se croyait prometteur d'avenir.

Pourtant il avait vu Laure qui passait un jour pas loin de lui un soir d'avril. Elle lui avait souri, elle lui avait dit :

« Allez mon petit gars. Viens je t'emmène au vent, je t'emmène dans les îles du Levant. Prends du vin pour la route, dégaine-toi du rêve anxieux des biens assis. Roule, allez, roule, mon fils, vers l'étoile idéale. » Il l'avait rejoint près des barrières.

Mais elle voulait prendre le large. Il était un peu déstabilisé. Il n'avait jamais vu une fille comme elle. Désirable. Sublime. Les cheveux en arrière. Mais pas que. Laure est charmante, adorable, abordable. Elle était chouette avec ses mains des soirs de bal à dessiner les Fleurs du Mal.

Elle voulait des jardins suspendus ou elle te rejoindrait si tu étais son amant. Elle aurait fait de ta vie des éclats de rire. Il était perdu. Pendu. À ses Basques. Mais Laure, elle, frissonnait dans le silence parfumé.

Comme tous les imbéciles heureux, comme tous les hommes amoureux, lui le prometteur d'avenir, il lui avait dit : « On ira où tu voudras quand tu voudras, ma mie, et on s'aimera encore lorsque l'amour sera mort. » Mais si tu dis ça, avec Laure, tu meurs pour de vrai. Elle fait pleurer les garçons qui lui disent qu'elle est belle. Elle les mène à l'échafaud. Si tu as goûté à son sommeil, tu es perdu. Condamné. L'amour est mort. C'est vrai, et toi aussi.

Elle n'est pas du tout qu'une petite fleur du Printemps qui se fout de l'heure et du temps.

Mais il avait dit oui à tout en se traînant à ses pieds, lui le chercheur d'éternel, le chercheur de la beauté en nu intégral, mais la mort descend. Oh Molly d'Amour, elle n'a pas changé d'attitude, il la voit dans son plus simple appareil. Oh, les corps s'éprennent finalement, mais il a renoncé après, ce con, comme les autres, à l'appel de la lumière et de la vie éternelle.

2

Au moment le plus propice. Ou ta vie se joue. Mais Laure. Elle voulait que la nuit se lève encore.

Et Laure s'échappe. Pour elle aucun engagement d'aucune sorte, elle repart dans la forêt alors il devient fou. Quand elle pleure, Laure, elle se mélange à la pluie à la mer. Aux Salsifis.

Amour trop bel amour. Vagabonde qui pourrait nous chanter à la ronde.

Sur le chemin de Compostelle à force de courir après elle, tu crois la voir au loin au milieu des pèlerins, mais c'est une Pèlerine divine, une blonde fragile, mais quelquefois si douce. C'est une frangine câline, mais le désert avance. Dans le profond des horizons lointains. Comme à l'automne les bandits jaunes qui font aux arbres des Hold-up. Mordorés. Mais pourtant il avait eu ce sentiment d'avoir trouvé un trésor qui vaut de l'or.

Mais Laure voulait tant de choses. C'était une combattante. Elle voulait des palais de marbre rose. Elle était les paupières mi-closes. Pourtant elle l'avait galvanisé, valorisé, lui le médiocre. Elle avait toujours un pinceau de poil de martre pour mettre des rideaux bleus aux fenêtres de ses yeux.

Elle l'avait fait grandir, mûrir, l'homme qui croyait changer le monde, l'homme qui voulait bêtement aller au bout de ses rêves. Elle lui avait offert sur un plateau de fruits de mer : Le Ciel, Le Soleil et La Mer au bord des falaises. Sur la plage aux Romantiques.

Elle lui a appris à la surprendre, à remonter dans son estime, à devenir le bon, le bel homme, le beau qui fait rêver, juste quelqu'un de bien. Qui aide la vieille dame à traverser la rue embouteillée par les trottinettes électriques, mais il a fini les pieds nus implorant le ciel et l'enfer. Et le soleil et la mer. Elle lui avait appris même le sens du frisson.

Il porte sa croix jusqu'en haut de la colline en sifflotant misérable, lapidé, effondré de tristesse. Cafardeux. Et il ouvre le gaz. Il se passe la corde au cou dans l'or du soir qui plonge ce perdant silencieux dans le calme orageux. Il finit à la morgue.

Et le soleil décline sur sa mémoire en ruine. Laure, elle porte des rubans qu'elle laisse s'envoler. Avec elle, tu ne dois rien vouloir. Tu ne dois pas parler ou alors trouver des mots venus d'ailleurs. Des Mots Bleus par exemple. C'est comme dans la chanson de Cabrel. Tu l'aimes à mourir, mais là tu meurs vraiment et pour de vrai. On te met dans le caveau. Tu meurs pour la République…

Pour toi Laure a réinventé la peine de mort quand elle part au petit matin, quand elle te laisse comme un chien pour les vacances. Tu n'as qu'une option valable, une fois malade quand tu es malade de sa peau, que tu es en phase terminale.

Tu vas en haut du volcan et tu te jettes. La corde au cou. Une mini-jupe, deux bottes Courrèges. Un bidonville et deux Mireille. Une pandémie. Un QR Code et toujours le même président. Au printemps. Peut-être. Laure c'est la fille avec des baskets, elle part toute seule en auto-stop.

3

Tu te laisses danser au milieu des forêts qu'elle dessine. Tu as beau crier en courant : « Je creuserais la terre jusqu'après ma mort pour couvrir ton corps d'or et de lumière. » Ton corps d'or, Laure. Et de lumière. Que n'es-tu sans elle que ce balbutiement.

Sans toi je suis seul. Je ne vois plus rien, tu es mes éclairs, tu m'éclaires. Malgré tous ces mots d'une banalité. Que tu croyais uniques. Elle t'a quitté sans un adieu et tes larmes ne pourront rien changer. Et là-bas au loin, elle se jette à son cou. Mais un autre que toi. Antonio, le bel homme, un vrai. Un légionnaire qui sent bon le sable chaud. Laure part toujours au petit matin en te laissant à ta pauvre vie. Elle était toute nue sous son pull, mais que n'aurait elle pas fait pour Frankie.

Ah je ne t'avais pas dit mon Chéri, mais tu sais j'ai toujours un billet Open pour les pays chauds. Je pars aux Maldives avec le beau Julio. Il m'attend à Orly. Au revoir mon amour. Peut-être un autre jour, peut-être une autre année. Au revoir Mon Amour. La vie n'est pas finie. La vie n'est pas passée. Tu restes avec ta confiture d'abricot. Tu avais commandé des croissants chauds à la boulangère. Tu aurais voulu toujours lui plaire, mais ta vie tu ne peux pas la refaire.

Ils couraient les hommes dans leur existence misérable. Ils y croyaient encore même à la fin dans la dernière ligne droite, dans ce sprint gagné sur l'écume. Mais ils croyaient encore au paradis sur terre et pourtant pour elle. Pour Laure ce pauvre type il se serait changé en or. Il aurait jeté des sorts pour l'aimer un seul jour sur la terre avant que sa vie devienne un cauchemar éternel quand elle part au petit matin sans un adieu. Elle voulait ouvrir en deux le ciel. Elle voulait le début sans la fin.

Il n'aura que le Mérite agricole, la médaille de la Ville de Paris, il ne l'aura pas autour du cou la médaille ultime. Acclamé par le stade en folie. Il n'aura pas Laure. La plus belle fille pendue à son cou. À ses basques. Enlaçons-nous dans le grand feu de l'été. Donnons-nous le baiser des adieux.

C'est pas comme dans la chanson de Nougaro. C'est tout le contraire. Ce qu'il faut dire de Fadaises pour partager en deux morceaux. Avec Laure, t'as pas intérêt. Avec Laure, rien à partager, tu prends l'ensemble quand la terre se désassemble, elle se jette à ton cou. Peut-être.

Tous les Casanova, tous les Don Juan, les Apollon, les Dragueurs de Supermarchés. Les Play-Boys de chez Carvil.

Tous ceux qui vivent de l'Aventure en Aventures, en conquêtes glorieuses, des vacances avec les soirées dansantes au Balajo à la recherche de l'éternel féminin. Les battements de son cœur, la douceur de sa chair tu ne pourras pas les oublier. Jamais.

Tous les séducteurs à la mie de pain, les Macho, les Timides, les Timorés. Ils sont tous là sur la ligne de départ, mais il en faut de l'entraînement, des salles de musculation, des séances de spiritisme, un psy, un coach, des UV. Mais la nuit est si douce près de la mer.

Il en faut des dîners mondains et des Plastic Bertrand au Camping des flots bleus, et puis un matin elle se pointe à l'horizon, mais c'est juste une illusion. Il te faut encore un tour de piste. La foule est en délire, ça ne s'arrête jamais.

4

Mais attention, elle se méfie des jeunes amants qui ont le cœur coupant comme un diamant.

Même si tu lui offres ton cœur et ton âme et des fleurs. Dans son cœur, elle veut la vérité belle à voir. Au bal, promettons-nous avant que le malheur nous ronge un rendez-vous. Alors rendez-vous.

Tous les militaires sont sur le pied de guerre. Dans les buvettes on monte la garde avec les pompiers de service, les adolescents en goguette, les danseurs mondains, les voyageurs de commerce, les chercheurs de passion éphémère, les découvreurs, les inventeurs, les entrepreneurs les chanteurs d'Opéra. Avec elle, il faudrait toujours vivre La Passionata. La Passionnata.

Alors ils courent aux Bahamas. Ils nagent comme des fous, ils s'illustrent dans toutes les compétitions à Berlin à Manille sur les trottoirs. Ils font le triathlon, ils nagent, ils courent, ils pédalent pour elle dans la montagne pelée. Ils se prennent même pour Iron man jusqu'à en crever pour qu'elle se jette à son cou. Quand il arrive enfin premier. Pourquoi implorer le ciel, il n'y a rien à en retirer.

Pour avoir Laure dans un fauteuil. Il faut un minimum. Il faut un cœur d'or, un petit gobelet d'aluminium. Pour les chercheurs de trésors, d'amour humaine et d'efforts, de brindilles et de phosphore. Quand le perchiste au bout de sa course avec sa perche s'élève au-dessus du monde et redescend transi de bonheur dans la mousse si tendre. Elle bronzait sans maillot de bain au fond de son jardin. Extraordinaire. Elle était.

Pour avoir Laure, il faut la tête et les jambes. Il faut avoir inventé l'eau chaude et il faut trouver les mots, ceux qui rendent les gens heureux, les mots qui séduisent la fille de ton rêve éveillé. Laure, elle, pleure et ses larmes feront ruisseau puis rivière puis fleuve. L'homme à sa taille sur la route passait son bras. La promenait.

Mais Laure voulait tant de choses. Les Matelots me font des signes de fortunes. Ils se noient dans le sang du soleil descendant.

On ne peut plus se mettre à dos tous les regards tous les agneaux. On ne peut plus ignorer notre instinct de mort. Mais Laure elle se faisait la Belle. Elle voulait partir loin d'ici. Elle voulait retrouver la longue nuit. Elle voulait l'amour pur et sans faille.

ELLE VEUT L'ÉTINCELLE.

Cet éclat vénéneux des perdants silencieux au fond de nous l'étincelle.

L'homme de notre époque, mais du siècle d'avant a brûlé sa vie, mais sans la quitter sa vie pépère avec sa femme et ses enfants et encore même connu et reconnu dans le monde entier de son talent immense il n'a pas eu Laure. Il n'a pas osé s'aventurer au-delà des frontières de son confort de petit bourgeois. Il ne l'a même pas vue venir parmi toutes celles qui venaient l'admirer.

5

Elle marchait parmi les détritus, il ne pouvait pas la rater. C'était la fille allongée à l'ombre des cactus. Si volage si libre et si sauvage. Mais il a raté.

Il a raté Laure et c'est le pire quand elle était promise, quand tu étais en finale, plus que trois candidats au bonheur suprême en lice sur la piste. Mais la barre était trop haute. Trop perchée à des lieues dans les cieux. Laure, elle va t'éloigner du monde des vivants. C'est comme la chanson de Balavoine : « Je veux mourir malheureux pour ne rien regretter. » C'est vrai tu meurs malheureux, mais là tu regrettes un max d'être un accroc à sa peau. C'est comme la chanson de Sardou : « Et mourir de Plaisir. » C'est vrai tu as du plaisir avec elle, tu t'envoles avec elle, mais plus dur est la chute. C'est la mort. Le suicide en Belgique assisté. Tellement tu souffres alors tu veux en finir. De la voir partir.

Les sauteurs en hauteur et aussi en longueur sont des hommes comme les autres. Pas des Dieux de l'Olympe. Juste une paire de demi-dieux. Ils s'élancent pour le bonheur suprême, mais toi tu n'as plus qu'un seul essai pour le bonheur éternel et ta jeunesse déjà fout le camp. Et je frissonne entre ses draps rayés.

Déjà tu n'as plus la force pourtant moi j'avais du talent avant sa peau. Avant de la rencontrer et qu'elle s'échappe. Laure est partie vers d'autres terres et ta vie est finie. Tous les soirs sans fin tu traînes un vieux désarroi. Quand elle arrive en ville. Laure. Tout le monde change de trottoir, change de vie et vient la voir de plus près, vient la mater, la désirer.

Elle est démente démentielle. Ils viennent pour choper un de ses regards pour qu'elle ne regarde plus que toi. Une fille qui se maquille comme ça, ça attire les passants. Elle a les yeux charbon noir, elle joue les starlettes, elle met des lunettes de soleil. Tu es ébloui, on ne voit plus qu'elle sur le boulevard à minuit même si elle travaille en usine à Créteil.

Le pire pour tous les hommes de toutes conditions, de toutes religions, de toutes professions, c'est l'été quand tu arrives sur la plage avec ta famille, avec le petit dernier dans tes bras, le chérubin blondinet pour son premier bain aux St Marie et la voilà comme un mirage sur le sable blanc immaculé. C'est Laure qui passe au loin. Qui est cette fille, ce rêve incarné, cet Ange du ciel saura-t-il me pardonner ?

Mais surtout toi le prometteur d'avenir. Surtout ne lui dis pas et ne le dis à personne : Je te promets le feu à la place des armes et jamais des adieux rien que des au revoir. C'est sûr elle te dira Bye Bye. Quelle vie étrange, plus de mots bleus, plus de poètes, de poésie. Les poètes ce sont de drôles de types qui traversent la brume avec des pas d'oiseaux sous l'aile des chansons.

Laure. Elle est comme ces filles somptueuses superbes qui marchent sur la plage au bord de l'eau. Elle est Malgache Ivoirienne Indienne Tunisienne et quand elle se retourne pour t'envahir de son désir. Tu transpires comme un malade comme dans l'Année des Méduses devant Valérie. Comme Perrin.

Elle est noire d'ébène du soleil sur sa peau et s'il ne brillait pas elle. Pour elle tu l'éteindrais le soleil. C'est une baigneuse une nageuse même plus une divinité féminine des rivières et des sources. Tu as deviné, Laure, elle est comme une Naïade.

6

Il n'a pas connu, il ne connaîtra jamais au seuil de sa vie ce moment d'excitation suprême très particulier, tu sais quand tu vas toucher le plaisir intense presque irréel pour le commun des mortels…

Tu sais quand le stade entier se lève comme dans les temps anciens, comme dans les arènes dans la Rome ancienne.

Et que tu as connu cette sensation de flotter hors du temps. Quand le sauteur n'a pas mordu la planche. Quand sa foulée aérienne l'a portée vers les nues. Quand dans les airs ses bras et ses jambes se débattent et le poussent encore plus loin, quand tu n'as pas fait encore aucune faute de goût. Sportif de haut niveau et prometteur d'avenir, beau qui fait rêver les filles.

Alors tu peux peut-être, je dis bien peut-être, aller au rendez-vous même si c'est un piège. De venir avec son âme.

Mais elle est si touchante si belle et si charmante. Elle est si sensuelle. Que ta raison en chavire. Comme feraient les barques bleues. Au Bal promettons-nous avant que le malheur nous ronge un rendez-vous. Alors rendez-vous. Rendez-vous.

Au rendez-vous au Paradis avec Laure sur la plage aux Romantiques. Des fois elle s'appelle Vanessa. Mais Serge l'a dit : Paradis c'est l'enfer. Laure se cache. Elle est actrice mannequin servante aux services aux sévices, mais elle écrit aussi des romans policiers au bord de la mer.

Et des romans à l'eau de rose pour des petites filles modèles. Elle est brune incendiaire et lumineuse. Elle va t'aimer à te brûler la peau. Elle est pas idiote, mais elle est ravissante. Un livre à la main elle s'endormait dans un vieux fauteuil de Manille. Laure quelquefois elle revient par le train de nuit. Elle voudrait partir loin d'ici. Retrouver la longue nuit.

Tu auras le plaisir de la vie, ce sentiment nouveau, ce souffle sur ta peau, tu auras la vie au grand air, tu auras le bonheur tranquille, mais tu n'auras pas la folie des grandeurs au seuil de la vie dans ton lit, le dernier de souffrance. Rien que de la souffrance. Tu serais mort de plaisir pour ouvrir un baiser de sa bouche à ses lèvres tendres. Comme un enfant au soleil. Elle est si jolie craquante et sexy. Mélancolique Pudique. Féministe un peu…

Mais toi, le prometteur d'avenir, le beau qui fait rêver les filles. Jure-moi. Promets-moi que si Laure s'approche un jour de toi, tu ne vas pas lui dire d'entrée de jeu : « Je te promets la clé des secrets de mon âme. Je te promets la vie de mes rires à mes larmes. » Promets-moi sinon elle va te détester, se moquer de toi. Elle va partir avec le voisin. Avec Laure tu dois juste essayer de lui appartenir. Laure quand elle pleure. Elle se voit en citron pressé c'est une autre façon d'y penser.

LE MATIN N'ATTEND PAS.

Mais lui un jour ce jeune garçon rasé de près, les yeux embués de sueur dans la brume au sommet du Tourmalet en danseuse sur son vélo de professionnel aguerri, entouré de la foule qui vocifère et l'encourage sur le côté. Lui aussi il avait vu Laure sur le bas-côté.

7

Elle ressemblait à une paysanne des temps anciens habillée comme une guerrière de l'ancien monde. Blonde comme Manon des Sources. Amour trop bel amour, vagabonde qui pourrait nous chanter à la ronde.

Elle avait la peau cuivrée des yeux de chat. Et lui comme drogué par les cris des enfants, des supporters en délire, il avait déliré le cycliste, il avait cru voir des chevaux dans la prairie, des chèvres et des moutons comme des illuminations dans son cerveau détraqué.

Il avait eu un vertige comme rêver trop fort, mais le soir au bivouac, elle l'a rejoint près des barrières.

Mais avant à la remise des prix quand il a brandi la coupe, elle lui avait souri devant le podium malgré sa tenue vestimentaire un peu ridicule qui te serre à mort. Elle s'était moquée de lui, mais lui était aux anges. Il était le champion et les filles le regardaient. Il cherchait l'aventure jusqu'au petit matin.

Dans sa robe bleue sous un ciel si bleu, elle était sublime, un peu spéciale, sauvage avec un peu de Dior sur son corps comme une divine héroïne les cheveux blonds en arrière. Timide et orageuse. Elle était comme du jasmin sous une guenille, du cousu main en espadrilles.

Elle l'a défié au karaoké du village avec tous les mecs agglutinés rêvant du grand soir. Avec elle. Mais pour avoir Laure, il faut avoir de la voix et surtout le charme qui fait vraiment tout. Pour la décrocher, pour l'accrocher. Dans sa chambre d'ado. Enlaçons-nous dans le grand feu de l'été Donnons nous le baiser des adieux.

Il ne s'est pas dégonflé le cycliste champion de l'étape. Il a chanté : Siffler sur la colline avec son petit bouquet d'églantine, mais c'était pas gagné d'avance avant le mont Ventoux où le vent te rend fou. Tu crois la voir partout. Retourne à ta froide Ibiza au gruau de Sarrazin retourne à ta Troika les yeux clos sur tes pêchés.

Mais elle est déjà dans la montagne. Elle t'attend au sommet. Il faut que tu pédales encore, il faut te remette en danseuse, te dandiner encore plus. Il faut te remettre en question, faire la danseuse dans ton habit de lumière bien serré à mort à vomir pour la voir la lumière, pour avoir la médaille en chocolat.

Elle a changé mon univers ma vie en fut tout enchantée. Mélancolie la mer revient je t'attends sur le quai avec tes bateaux blêmes.

Pour avoir Laure, il faut être un chercheur inlassable. La chercher inlassablement avec humilité au bord des rivières, des torrents dans tout le pays des rizières. Quand les larmes montent quand le moral descend. Descend. Tu te jettes à son cou pour qu'elle te mette la corde.

Mais Laure court dans la forêt le matin à l'aube alors il te faut repartir. C'est une quête, mais d'absolu. Elle t'enchaînera cent fois par jour au doux poteau de sa tendresse. Au-dessus des Dolomites on croit voir le bonheur. On engage la poursuite, mais l'amour est toujours en fuite.

8

Et toi le petit coureur de Province, le petit Bahamontés des quartiers mal famés. Le petit Darrigade, le beau Peter Sagan. Le petit Charlie Gaul des banlieues oubliées. Tu étais un bon rouleur contre la montre, la foule t'acclamait et puis un jour tu l'as vue au détour d'un virage.

Dans un petit village, le préféré des Français. Laure elle tangue elle vient mourir.

Elle était rebelle, créature de rêve entourée d'une garde rapprochée. C'était dur de l'approcher. C'était l'égérie des poètes de la rue. Elle battait la mesure. Tu pouvais mourir d'un seul de ses regards qui te transpercent et toi le petit sportif tu prétendais aux plus hautes marches du podium.

Au café du Village tu lui parlais du Tour de France, de Roubaix, de la Flèche Wallone, de Liège Bastogne Liège, mais elle, elle te demandait pourquoi Liège Bastogne Liège.

Elle bronzait sans maillot de bain au fond de son jardin. C'est une belle étrangère des pays lointains de la Méditerranée. Elle est dangereuse une muse étrange. J'aime la fille d'un Capitaine eau vive et treillis de jasmin contre le cuir de son sommeil. Mon retour n'a point de chemin, car l'amour me tient si fort.

Pour elle il faut se battre. Il faut être un boxeur à l'ancienne. Comme Marcel et mourir en héros. Avec elle. Mais elle. Elle est la Boxeuse Amoureuse, elle esquive les coups, mais elle veut le Chaos. Mais il faut se battre dans la rue, être un voyou céleste. Un vrai Marlou. Un Loulou. Pour Marilou.

Il faut être courageux, avoir le sens de l'honneur, s'engager prendre un bateau, se jeter à l'eau. Il faut être dans le tourbillon fragile. Il faut tomber pour la France, défendre la veuve et l'orphelin et encore. Et encore. Pour que les choses les plus belles restent toujours en suspension.

Elle s'appelait Sarah ou Yasmina ou encore Lily. Elle était fière sensuelle et solaire. Elle changera le monde quand le jour viendra. Laure prendra le pouvoir, mais elle s'appelle Adèle ou Angèle ou Angela ou l'Impératrice ou Lily Poë. Tu la reconnaîtras si un jour tu la vois.

Mais tu l'as cherchée dans les rues, dans les cafés, mais elle avait disparu. Mais on l'avait vue monter dans une Ford Falcon avec le bel Antonio. Elle voulait tous les soleils couchants. Elle voulait quelque chose de nouveau. Dans le ciel plus de problème. Dieu réunit ceux qui s'aiment.

LE CRÉPUSCULE EST GRANDIOSE.

Tout se joue dans la première partie de ton existence pour l'impossible, pour l'exploit qui remplira ta vie et fera de toi une idole, un homme heureux, respecté même par tes enfants. Même un 100 mètres en moins de 10 secondes pour entrer dans l'éternité, dans la grande histoire. Mais toi tu voulais la grande guerre, tu voulais être un résistant de la première heure ou sauver la veuve et l'orphelin.

9

Parachuté depuis Londres. Tu voulais arriver de nuit en volant comme un oiseau de mer sur St Mer L'église accroché comme un con dans ton parachute trop grand à la grande horloge, mais sauver le pays dans les marécages normands.

Tu aurais voulu sauter à l'élastique dans le Vercors comme un résistant de la première heure.

Tu aurais voulu rester sur le radeau quand le Titanic s'échoue et que Laure se meurt dans l'eau glacée. Tu aurais donné ta vie pour elle.

Pour la sauver. Plonger dans l'eau dorée de la rivière pour sauver l'enfant qui se noie, qui appelle sa mère. Tu aurais voulu être là quand tout se joue à une seconde comme un cri comme la vie et pour que les gens te regardent avec amour et reconnaissance.

Tu aurais voulu être le Partisan. Faire la couverture de Paris Match. Chevaucher un cheval blanc comme Léonard Cohen un soir à Aix-en-Provence.

Tout se joue entre 18 ans et 25 ans, c'est-à-dire au moment de la jeunesse triomphante.

Quand ton corps est encore plein de muscles, plein de sève, prêt à toutes les audaces même jusqu'à ce que la mort te frôle, quand tu es large d'épaules jusqu'à 30 ans allez encore pour les moins rapides. Quand c'est le temps des vacances, le temps de l'amour et des aventures, des bains de minuit, des corps bronzés, des filles qui bronzent sans maillot de bain à Ibiza. Pour devenir un héros.

Quand on se cherche dans les bois, quand mille sentiers nous parcourant, mais les belles années passent vite. Faut que tu te magnes. Les matelots me font des signes de fortune ils se noient dans le sang du soleil descendant.

Quand tu es encore libre, attiré par les étoiles les voiles. Quand ton cœur est encore pur attiré par les étudiantes à la Sorbonne, par les jolies étrangères à l'Opéra. Quand tout se joue en quelques étés de Porcelaine en Californie ou à Saint-Malo ou dans l'Ile de Ré pour la belle adorée.

Des fois elle te frôle. Sur un coin d'épaule. Elle est si drôle et t'invite à la danse. Elle adore quand ça balance, mais tu es déjà reparti chercher la Fille du Nord. Une jolie voyageuse, une Cavalière. Comme feraient les barques bleues.

Voyageuse chaque minute sera délicieuse. Voyageuse je porterai tout le cuir fauve des valises dans votre alcôve. Laure c'est Marie la Mer comme dans la chanson si belle de Salvatore Adamo. Le ciel était rouge et les algues étaient d'or.

Quelquefois elle s'appelle Lola dans ton imaginaire de débutant. Laure. Elle défend l'environnement de sa planète qu'elle veut chic. Quelquefois elle est femme politique. Elle s'engage, elle te réduit à néant, de ton insuffisance dans un débat où tu en perds ton latin. À la télé. Elle veut l'ivresse la gloire. Elle veut l'or de la chair. Laure.

10

Tu as très peu de temps pour la conquérir. La plupart des hommes n'ont jamais eu Laure. Ils ont eu juste une médaille de consolation qu'il affiche dans leur chambre d'écolier. Au bal où nous invite l'amour à danser pour toujours sa valse irrégulière…

Et dans mon cœur brûlait ma flamme. Avec Laure tu t'emballes vite. Tu voudrais lui dire tout d'un seul coup, qu'elle est la plus belle d'avant l'aurore. Lui dire : « Tu sais t'as de beaux yeux tu sais », mais pour Laure il vaut mieux la fermer. Il faut se taire ou parler avec les yeux, mais ça tu ne sais pas faire. Ou alors il faut lui dire les Mots Bleus et personne ne le sait. Aucun Homme sur la terre.

Quelle vie étrange plus de mots bleus, plus de poètes, de poésie. Meurt de faim qui plane à la Une. Écrivain public des croquants Anonymes qui s'entribune à la barbe des continents. Poète vos Papiers Poètes documenti.

Alors évidemment si tu ressembles au surfer de la plage, que tu es blond aux yeux bleus, bronzé de partout, bien balancé de ton corps. Si tu ressembles à Tony Vairelles ou à Lucky au début des années 60 ou à Vince ou David ou Alice ou Elvis. Ou au beau Jacky. Laure a le cœur fleur bleue. Si tu es chanteur et que tu lui chantes : « *Imagine* » ou « *Love me Please Love me* ». Tu as tes chances aussi.

Elle aime les déglingués aussi, les enfants perdus. Les hommes enfantins qui ne grandissent pas. Laure peut se trouver facilement au bord de la rivière.

Mais Si tu es GO au Club Med sur la côte Pacifique, tu peux avoir Laure au détour d'une vague un peu forte. Si tu es sauveteur un brin courageux et que tu cours comme un dément dans l'eau turquoise comme un nageur qu'on attend plus et que tu la sauves et que tu la remets en vie sur le sable brûlant d'un bouche-à-bouche exultant alors peut être que. Laure tombera dans tes bras, mais tu ne pourras jamais t'en remettre, car elle partira à la fin de l'été. Encore un matin. Pour un dernier baiser alors que tu avais goûté à sa peau caramel, à sa couleur café. Au sel brûlant sur sa peau douce.

Mais tu peux trouver Laure partout, dans la rue de ton enfance, dans les couloirs de l'Assemblée nationale, sur une plage du Morbihan et même petit et brun et pas beau du tout, tu peux la séduire de ton innocence, de ton savoir, de tes livres que tu as écrits la nuit en cachette, de ton statut d'intellectuel de gauche, mais la gauche a vieilli, et que tu lui dis que tu veux lui apprendre tant de choses sur la vie des autres, sur les guerres napoléoniennes.

Que tu veux restaurer le Patrimoine de la France, que tu aimes les vieilles pierres, les chefs-d'œuvre en péril, les Cathédrales démolies par l'usure du temps. Mais là tu en fais trop peut-être et tu perds toute ton avance. Tu te retrouves dernier du peloton. Tu es lanterne rouge.

Laure n'aime pas tout ça. Elle n'a jamais mis les pieds dans une église. Prier pour elle. À faire flamber des enfers dans tes yeux. À faire jurer tous les tonnerres de Dieu. Elle va t'aimer Laure. Pourtant elle est divine. Une divinité du ciel et de l'enfer.

11

Non. Il vaut mieux pour toucher Laure pour de vrai être surfer sur la plage d'Hossegor un matin ou il fait beau. Porté par l'allégresse et la douceur de vivre de l'été qui commence. La rumeur de Paris comme une symphonie comme la mer qui balance et tu arrives au rendez-vous.

Enlaçons nous dans le grand feu de l'été donnons nous le baiser des adieux.

Mais souvent tu te fais avoir très jeune à 23 ans surtout. L'amour frappe à ta porte, tu rêvais encore de conquêtes impossibles. Tu rêvais des filles du bord de mer l'été, mais c'était impossible. Les filles étaient si jolies, tu les rejoignais près des barrières, mais aussi dès que le printemps revient, elles étaient si jolies quand le vent les emmenait. Mais elle était si jolie que tu n'osais l'aimer. Mais un jour l'amour est là et bêtement tu te dis, ta mère te dit que c'est la femme de ta vie.

T'as trop écouté Ferré quand tu avais 20 ans. Tu y croyais quand il chantait : « Quand on aime c'est jusqu'à la mort. » Avec Laure tu meurs prématurément. Elle t'envoie au crématorium.

L'amour le vrai celui qui dure pour la vie te tombe dessus, mais elle est tellement mignonne et attendrissante dans sa petite robe en laine et elle veut tant de choses, tant de petits enfants et que tu lui achètes un pavillon à Nogent au bord de la Marne pour l'emmener danser à la guinguette avec Alain Barrière. Pour vivre heureux au grand air et en plus les vacances au bord de la mer à Trouville.

Tu te laisses prendre, tu laisses ta liberté que tu as longtemps gardée fièrement. Célibataire endurci, tu aimais ça qu'on te traite ainsi l'homme jeune et beau qui fait rêver les filles. Prometteur d'avenir, l'athlète aux mille facettes, aux mille aventures au centre de la Terre. Une fille à Saint-Malo, une autre au Tréport. Dans tous les ports d'attache.

Toujours parti toujours partant pour le meilleur pour l'exploit à venir. Mais tu as chuté comme un vulgaire coureur de troisième catégorie au troisième essai. Je ne veux rien savoir que dalle je ne suis pas de la brigade fluviale.

Tu es éliminé. Même pas qualifié pour la finale avec Julio et le beau Johnny et Tony Rallo et le beau Jacky. Et Frankie. Tout ça pour la jeune fille brune et romantique qui boit du jus d'orange et qui lit des livres que tu ne connais pas et qui écrit elle aussi un journal intime et de la poésie et que tu aimes pardessus tout. Qui a pris ton petit cœur abandonné. Sers nous de l'amour dans un verre de Pastagua, on a fait le tour de Verlaine et de Kafka.

12

Alors fini le sable chaud qui brûle et Laure au loin qui sort de l'eau à moitié nue. Et tous les étés tu vas mourir. Car elle sera là tous les étés jusqu'au dernier souffle de ta vie. Dans ton dernier délire avec l'infirmière qui a les yeux verts dans ton lit de souffrance.

Ton dernier souvenir quand tu auras perdu la mémoire. Tu la verras encore, elle seule quand elle marchait nue sur la plage. Elle t'aurait aimé toi-même. Toi à faire voler ton âme aux septièmes cieux.

Mais Laure aime les aventuriers, elle se laisse prendre par les cœurs audacieux, les charmeurs, les vieux Crooners. Laure aime les tendres, les chaleureux, les affectueux, mais aussi les mafieux, les Marlous, les Loulous, les Religieux en soutane honteux de vibrer devant sa jeunesse. Elle aime les mystérieux, ceux qui voyagent en solitaire, ceux qui ont la dégaine…

Mais elle n'aime pas les prétentieux, les orgueilleux qui la ramènent leur fraise, et si tu es jeune et déjà riche comme une idole des jeunes alors ta chance, ne la laisse pas passer. Mais tu peux être aussi un étranger sans papiers, un facteur de province, un agriculteur avec tracteur dans un pré, mais il faut que tu sois courageux ambitieux.

Un peu poète aussi. Surtout. Pas question d'un discours peu amène. Lui sortir qu'il est, paraît-il, des terres brûlées donnant plus de blé qu'un meilleur avril et que quand vient le soir ma Chérie pour qu'un ciel flamboie le rouge et le noir ne s'épousent-ils pas. Elle te quittera quand même sans un adieu avec le bel Antonio qui avait toujours pour elle un billet Open pour les pays chauds. Elle ne prendra même pas le petit déjeuner avec toi. Tu avais réservé des croissants chauds à la marchande.

Pour Laure, pour elle, pour qu'elle reste, il faut lui dire les Mots Bleus. Lui chanter même les Mots Bleus. Lui chanter la chanson de Christophe. Mais tu ne la connais pas. Elle te rend fou d'amour, tu l'aimeras à perdre la raison.

Tu crois la voir partout et quand elle part c'est comme qu'on si on t'arrache à la vie.. Pour garder Laure c'est presque impossible. Elle veut toujours quelque chose de nouveau, mais de l'avoir eu juste une fois suffit parfois au bonheur de toute une vie.

Les gens te reconnaîtront dans la rue. Tu passeras à la télé. Les gens aiment les héros qui poursuivent une impossible étoile. On l'entend rire dès l'aurore, sous les lilas de ce bouquet ou les fleurs humides encore à sa main s'offre par bouquets…

Mais voici que commence mon histoire personnelle. Mon aventure avec une fille qui s'appelle Laure. C'est vrai je vous jure. Et c'est elle pour de vrai. Laure en vrai. Mais c'est une aventure qui tourne mal, un désastre à méditer dans les salles de classe. Laure elle descend la rivière jusqu'à la mer. Elle se laisse couler. Laure faut pas la prendre à la légère, mais elle est aérienne Laure elle est sentimentale.

13

Pour que des jeunes garçons poussés par la passion amoureuse rencontrant Laure un été trop chaud ne fassent pas les mêmes erreurs. Fatales. Les mêmes conneries. Car l'âge ne fait rien à l'affaire. Mais Laure s'en va toujours le matin venu. Laure elle pleure à minuit sur l'oreiller sous la douche. Elle pleure au ciné c'est sa façon de passer. Laure. Elle voudrait retrouver la longue nuit.

LE MATIN VA VENIR.

Laure a 20 ans et moi j'en ai 26. A ce moment-là où tout commence. Où notre histoire commence. Je suis encore dans les temps pour devenir un héros. Pour devenir le Champion, le Beau qui fait rêver les filles. Prometteur d'avenir. À 26 ans tu y crois encore aux heures glorieuses, à la réussite, au bonheur, à la vie des Beaux Rivages. Je n'en crois pas ma chance, c'est l'été et Laure est devant moi à portée de regard. Pour tout bagage elle a 20 ans. Elle a des Réserves de Printemps.

Et elle a posé ses yeux sur moi. J'ai trois jours devant moi dans la pleine force de l'âge encore jeune et vigoureux, mais avec déjà tu vois une certaine expérience de la vie à presque 30 ans. Après tu le sais il est trop tard. Sur la piste olympique. Pour la passion qui dévore. Le cœur et l'âme.

D'aventure en aventure j'ai fait danser toutes les filles, mais moi aussi j'ai failli sombrer pour une belle inconnue rencontrer au bal de la Marine un soir de victoire, mais heureusement elle a épousé Guy Marchand. Heureusement sinon j'avais la corde au cou et c'était parti pour les serments d'amour pour toujours mon amour. Aucune autre que toi. Je t'aimerais jusqu'à la fin des temps et si tu mourais je mourrais aussi. J'étais foutu.

Mais j'ai gardé ma liberté, mais je ne suis pas de haut niveau comme certains jeunes blondinets dans les sphères de la littérature ou comme les athlètes de haut niveau sur la piste à Colombes que les filles à moitié nues dévorent des yeux comme les tennismen argentins poètes à ses heures au charme andalou aux yeux de velours. Comme Guillermo. Qui parlent aux filles avec les yeux. Le soir dans leur gilet de satin rose au bord de la lagune. Elle voulait partir d'ici. Retrouver la longue nuit.

Je ne suis qu'un petit prof de tennis, un joueur de deuxième catégorie, mais je suis la vedette des tournois de plage à St Lunaire l'été à Saint-Malo à St Brévin à Lacanau ou il fait si chaud, mais cet été-là de 92 je suis engagé sur la côte Basque par une famille de la haute pour enseigner le bel art à leurs enfants turbulents.

Petits et débutants. Au niveau humain sans être un Saint ni un Salaud je ne vaux pas le moindre cierge. Mais je peux être attirant devenir attachant. Amoureux débutants. Le Courant t'emporte j'ai beau te serrer fort, la vie s'acharne encore.

14

C'est au Pays basque. La belle histoire. C'est la chaleur de cet été tragique. Comme un été meurtrier avec une fille qui voulait renverser le ciel. Indolente Dilettante Brillante. Divinité sublime. Divine comme Ludivine. Mais c'est Laure dans toute sa splendeur. Leur maison est si grande avec piscine tennis et un immense jardin. Ils ont des amis de la descendance. C'est une grande famille de nobles assoupis et un matin en arrivant je la croise tous les matins enfin j'aurais aimé. L'instant fragile de la rencontre. J'aurais aimé me réveiller à ses côtés comme dans les contes de fées. Si j'avais un habit d'or le regard de Matador…

On me la présente. Elle s'appelle Laure. Elle me regarde à peine et tourne les talons, mais elle avait des baskets en or dorés de chez Dior, mais les prétendants sont légion. À son corps. Défendu. Comme un Interdit. Elle est Laure. La compétition sera rude en cet été de feu et dramatique pour la chanson française.

Je ne suis qu'une bulle de savon. Un Danseur Mondain. Comme Valentino. Danseur Argentin qui attends.que tombent les larmes, que voguent les âmes. Même s'il n'y a plus d'argent en Argentine tout espoir n'est pas perdu.

C'est tous les jours la venue des invités de l'été invité à venir se baigner en revenant de la plage pour un déjeuner au soleil.

Il y a les hommes mariés qui la regardent en douce, mais ils sont hors concours même encore séduisant attirant tentant une dernière aventure infidèle à leur foi qui a horreur de l'adultère.

C'est tentant enivrant pour eux et Laure. Elle leur sourit en passant les frôlant, mais leurs femmes et leurs enfants les empêchent de toute initiative risquée même en frimant au bord du bassin. On ne plaisante pas avec les bonnes manières. Chez ces gens-là, il faut la bonne tenue, pas de regard troublant sur ce dos qui descend sous l'oeil indécent.

Mais Laure n'est pas sensible à la plastique masculine sans le charme sans le regard qui te bouleverse. Mais elle est une citadelle imprenable.

Elle est irrésistible inaccessible et puis elle veut tant de choses. C'est vertigineux. Elle veut que la nuit se lève.

Laure est belle bien sûr, mais aussi très jolie, mais ça ne suffit pas à son bonheur, elle a du chien, de la classe. Elle aussi elle est un peu noble andalouse. Un peu garçon manqué, mais très femme un peu libre avec les garçons et les filles qu'elle embrasse d'un baiser sur la bouche pour le Bonjour.

C'est un chef de file, une meneuse de revues, elle te regarde droit dans tes yeux et de ses yeux tu t'en souviens à jamais.

Elle sait elle seule où vont les Vaisseaux Maudits. Elle seule peut t'emmener un jour pour que tu retrouves avec elle les Paradis Perdus. Le jour où la vie t'abandonne.

Le danger pour moi c'est juste ces trois jeunes garçons dans la force de l'âge avec leur pantalon blanc le torse nu bronzé. Les pieds nus. Des Surfers amateurs, des étudiants en Philo, des vacanciers.

15

Ils sont des cousins éloignés qui passent et repassent et l'invitent à sortir à dîner à danser à se déshabiller au bain de minuit. À naviguer au large sur un Scooter de mer. Leur jolie cousine. Le plus dangereux il s'appelle Paul. Cousin germain. Il me regarde comme un insecte, mais sur le dos. Il aimerait qu'on me pende au Bal des Laze.

C'est une torture quand il s'approche un peu trop près presque une caresse. Je vois tout j'entends tout, mais c'est le jeu de la séduction qui commence. La compétition impitoyable ou un seul à la fin reste en lice et est choisi par la belle.. Mais il n'a pas gagné pour autant son cœur et son corps. De Laure.

La dernière épreuve est la plus dure. Réussir l'impossible. Qu'elle te donne ses lèvres pour le baiser à sa pluie sacrée sa délivrance. Quand il est bon de souffler sur des milliers de braises mouillées.

Mais le plus dangereux des engagés est d'un autre âge. Il a la cinquantaine passée, mais joyeuse. Il a le cheveu gris, mais bien coiffé et le corps encore solide. C'est un ancien chanteur des années glorieuses, des 30 années qui ont tout changé. Des années 70. Il lui parle de ses chansons oubliées avec sa voix bien grave chaleureuse. Il lui offre ses 45 tours que personne n'a achetés au Lido Musique. Il lui raconte ses télés avec Guy Lux. Les Carpentiers. Il fabule, il baratine, je crois qu'il ment même effrontément.

Il est comme une espèce de Lucky Blondo mais en plus musclé, un Richard Gere du pauvre, un peu ringard avec son verre de Jack Daniel sans glaçons. Il se la joue, mais il.me regarde moi le favori d'un sale œil comme un insecte oui, mais sur le dos et il m'offre une Malboro pour m'amadouer, mais Laure c'est à moi qu'elle sourit puisque c'est pas grave.

Il y'aura toujours des poules à Liverpool et des Coqs à Bangkok. Arrête un peu des cuivres et tes tambours et ramène-moi l'accordéon. Quelle vie étrange plus de mots bleus, plus de poètes, de poésie. La pleine nuit est convoquée pour déjouer les pièges d'une nuit trop noire aux abords d'un abattoir. Sans un poème pour nous sauver. Sans un poème pour nous sauver…

Il lui tourne autour comme un vautour. Il lui promet des monts d'or et des merveilles, des hôtels de luxe au bout du monde, un petit tour en bateau sur son yacht, des balades en Bugatti dans des bagnoles de fortunes. Il essaye de l'entraîner dans son Aston Martin verte décapotable. Pour une promenade sur la corniche, pour la faire tomber, pour la séduire, mais elle. Elle l'envoie promener, mais avec gentillesse, avec un sourire. Il est peut-être un peu démodé.

Au bord de la piscine il roule des mécaniques. Il imite Aldo son déhanché fatal, il fait le spectacle à l'apéro pour la galerie et Laure ça la fait rire et ça énerve tout le monde de la voir rire aux éclats aux clowneries du vieux beau qui en rajoute. Dandy un peu vieilli.

Et moi aussi je suis excédé de la voir s'esclaffer aux pitreries de ce sinistre pitre moi qui suis déjà sous l'emprise de sa beauté, mais il va commettre une erreur terrible coupable qui va l'exclure de la compétition. Enlaçons-nous dans le grand feu de l'été. Donnons-nous le baiser des adieux.

16

Il se prend un carton rouge immédiat. Cet imbécile. Grisé par son succès croyant le monde à ses pieds saoulant saoulé de Champagne rosée croyant son expérience au-dessus de tout. Il fait l'erreur du débutant. Il ose lui faire par surprise sans y être sollicité.

Il ose à la dérobée lui faire un bisou dans le cou et le regard qu'elle lui jeta le projeta hors du concours, hors de la ville, hors du monde des vivants. Pour un peu on aurait applaudi. Laure a pris le large. Sur le chemin des amoureux le cuir noir protège du désespoir.

Laure est exemplaire de son physique et de sa tête aussi. Elle sera ingénieur ou elle partira au bout du monde et elle changera le monde. Elle sera une femme humanitaire qui sauve la vie des petits enfants en désespoir de vie. Elle veut tous les soleils couchants. Elle plaît aux riches, aux pauvres, aux ouvriers, aux sidérurgistes, aux métallos, aux femmes du monde, aux filles, à la fille du gardien, au gardien du temple, à ses enfants.

Le pire c'est quand elle est là alors on ne voit qu'elle et les autres filles sont jalouses. Un peu. Les duchesses les comtesses même la Princesse en bikini à la voir comme ça La Princesse elle est chouette avec sa gorge et ses pépins et pourtant elle est délaissée.

Et elle fait un peu la gueule au bord de la mer. La Princesse du Pays basque.

Laure. Elle fera des enfants ou pas. Elle changera de vie toute sa vie. Laure est en short en jeans. Ou en robe légère toute blanche. Ou à fleurs. Elle se déhanche, mais elle ne sera pas mannequin. Elle n'est pas Bimbo. Elle n'est pas la Pin Up à la mode sur la plage au Festival que les Paparazzi encerclent à la sortie du Martinez. Mais elle sera à l'avant-garde de la mode.

Laure est comme les athlètes de ces pays là-bas ou ces filles qui prennent le départ du 4OO mètres sur la piste des Jeux olympiques sont à peine vêtues de leurs longues jambes bronzées et Laure aussi. Elle a la peau de miel et ses yeux sont clairs et qui éclairent soudain ta pauvre vie.

Laure des fois elle s'appelle Canelle. Et de toucher sa peau. La peau de Laure peut t'envoyer à l'hôpital du coin pour cause de delirium tremens. Pris d'hallucinations de vertiges soudain. Amour trop bel amour, vagabonde qui pourrait nous chanter à la ronde.

C'EST MON STYLE DIFFÉRENT.

Mais pourquoi dans la cuisine comme à Yvetot au moment où je suis là et qu'ils sont tous affalés à la piscine sous les branches. Sur les Transats. Dans la cuisine quand elle apparaît c'est une apparition. Laure vient chercher une menthe à l'eau. Un peu de fraîcheur. Dans la cuisine longue et large et fraîche. Elle me regarde de haut en bas de long en large. Elle me dévisage, elle m'envisage, elle vérifie que je parle bien la langue de Molière et un peu celle de Shakespeare.

17

Elle me pose deux trois questions innocentes pour la connaissance. Et en anglais aussi. Elle me tourne autour avec son verre de menthe à l'eau. Son diabolo.

Laure. D'un pleur elle assomme une fourmi qui débitait un spaghetti. C'est une autre façon de passer.

Avec elle tu es sur le fil du rasoir. Tu es au bord de la falaise. Si tu te précipites, tu peux chuter lourdement. Alors tu t'écrases en bas et elle te regarde en miettes. Déjà tu sais que si cette belle fille comme elle n'est pas dans tes bras un jour ou l'autre maintenant que tu sais qu'elle existe pour de vrai alors toute ta vie sera comme une pauvre vie et même jusqu'au bout de ta vie tu penseras à elle. Mais elle. Elle ne pensera pas à toi. Du tout.

Elle est tellement si douce, mais il ne faut pas la toucher même si elle. Elle te frôle. Elle est si touchante si drôle sur un coin d'épaule, elle est si fragile. Mais elle n'est pas facile. Elle frissonne dans le silence parfumé, mais elle est si difficile, mais tu te battrais pour elle. Pour elle tu défierais les dieux pour qu'il la fasse éternelle, mais surtout ne pas lui dire ça…

C'est ça ne pas parler. C'est ridicule ou très peu de paroles ou parler avec les yeux. Il faut être un être inventif intuitif. Avec Laure le silence est d'or. Il faut maîtriser la pulsion imbécile qui te jetterait comme un fou à lui mordre les lèvres. Il faut de la retenue. Mais tu blêmis à présent qu'a sonné l'heure.

Ce n'est pas qu'elle soit allumeuse, mais elle t'enflamme. Tu voudrais lui dire que si elle n'existait pas pourquoi tu existerais. Que si elle n'existait pas toi tu l'inventerais.

Tu en meurs d'envie de lui dire ça avec un sourire de perdant, mais si tu lui dis ça tu meurs vraiment de honte. Elle te regardera pleine de miséricorde. Elle veut ouvrir en deux le ciel.

Quelle vie étrange plus de mots bleus. Plus de poètes, de poésie. La poésie s'en est allée je la soupçonne d'être passée par chez toi de s'être allongée dans ton lit et d'avoir écouté la pluie sur le toit. Elle avait si peu à confier.

Ou alors tragique, un vrai suicide, tu vas lui sortir là dans la cuisine devant l'évier endommagé : Que pour elle tu lèverais des foules et des armées de rebelles, mais non tu ne le dis pas. Tu t'en mords tes lèvres. Non pas de phrases inutiles qui briseraient l'instant fragile de ta rencontre avec elle.

Il faut de la sobriété de la sincérité, mais elle s'en va déjà, elle te quitte, tu es brisé, mais tu arraches un rendez-vous, une leçon de tennis quand il fera moins chaud. Avec elle. Une leçon Particulière.

Tu es mon rêve défendu mon seul tourment et mon unique espérance. Non je n'ai rien dit. Je ne l'ai pas dit, je me suis retenu. De justesse. Une fausse note à ce niveau-là, une petite crampe, et le rêve de la victoire s'envole pour des années d'effort envolées en une fraction de seconde. Laure veut la vérité belle à voir. Laure a la Grâce.

18

Ce n'était qu'un vendredi 12 et pourtant elle a filé en douce à mille lieues du triangle des Bermudes juste quelque part Hémisphère Sud. C'est la Fille avec des baskets, elle t'appelle au secours 15 jours après.

Laure n'est pas mannequin de chez Dior ou de chez Chanel. Ce n'est pas une miss France, mais elle marche la tête haute. Elle est sapée comme jamais à la mode de chez nous. Elle est peut-être issue de la banlieue surpeuplée et sauvage et ensauvagée. Elle vient peut-être des fortifications ou de la haute société ou c'est une petite fleur de province. Ou la caissière du super qui est super. Comme le chante H.

Laure n'est pas un Top Model. Ce n'est pas une Call Girl, une fille de chez Claude, ce n'est pas une star du porno comme Brigitte, comme Patinette ou une danseuse du Lido à L'Alcazar ou des Folies

Mais elle a des rondeurs et de la chaleur. Quelle douce Justine. Quel doux carabin. Quel plaisir de fille fin comme le fil qui nous tient.

Laure est peut-être une fille du peuple qui chante dans la rue, mais si tu croises sa route, si tu la croises dans la rue d'Alésia ou du Faubourg, si tu te retournes sur elle personne ne te le reprochera. Emporte-moi loin d'ici. Mon corps est comme une épave.

Elle est Kéren Ann Buridane Daysi Noa Moon. Marie Plassard Ambre Lonny Annael Angèle Pomme. Elle est comme les chanteuses françaises de nos jours effroyablement belle et charmante comme Zusanne. Comme Phanne de Pool. Princesse Sarah. Ayna. Caroline Costa. Léa Castel. Tal.

Comme Hélora Rose comme Liv Del Estal comme Felixita. Comme Leslie Médina. Comme Lola le Lann. Comme Djazia Satour comme Izia comme Asma comme Yasmin comme Isleym. EvaLynda Axelle Thays. Eugénie. Lynda Nalaa Clara Plume Emilie Simon Karimouche. Comme Camélia Joyce Jonathan.

LA MORT DE BERGER.

En cet été de tous les dangers. L'été de 92. Danger des filles dangereuses nues sur la plage. Qui te regardent d'un sale œil. La chaleur nous envahit, la sueur coule à mon front au fond du jardin il fait 40 degrés à l'ombre et sur le court de tennis, il ne faut pas y aller surtout pas, mais lui le chanteur vedette il y va sans cœur, car son cœur est malade et son père professeur de médecine de renom lui reproche.

À Saint-Tropez sur les hauteurs de la ville endormie on l'avait prévenu, mais Michel Berger meurt. Terrassé par une crise cardiaque. Il est encore jeune. La quarantaine. La Lame rouge des sabres fouille l'éternité.

Sa vie était glorieuse et heureuse, mais elle fut un enfer un calvaire au niveau des sentiments amoureux le poussant au désespoir. Sa première chanson pour une fille. C'est : « Quand on est Malheureux » chanté par Patricia, ça commence comme un rêve d'enfant.

19

Il sera malheureux croisant sur sa route la plus jolie, la plus talentueuse, mais la tueuse, la chanteuse, la première fille qui n'avait pas besoin d'être spécialement belle pour le rendre heureux pour le rendre nerveux.

Quand les larmes montent. Quand le moral descend. Je me jette à ton cou. C'est mon île d'être ensemble. Venez plutôt m'abattre pour m'empêcher de souffrir. Stone. Le Monde est stone.

Elle projetait dans les airs des dimanches de printemps. Au secours j'ai besoin d'amour. Déjà à cette époque on le criait tous. Nous les jeunes. Pour le comprendre, il aurait fallu surprendre le chemin d'un de ses regards triste, mais tendre perdu dans le hasard, c'est dommage il aimait tant certains paysages..

Berger travaillait pour elle. Il passait les nuits sur son clavier inventant pour elle tous les airs et les paroles et elle.

Le laissant à sa besogne artistique de génie, elle sortait, se baignait, mais composait elle aussi de belles mélodies, de belles paroles, mais elle se noyait dans un flot de champagne et d'amour. Dans les Night-Clubs à la mode au Saint-Hilaire ou chez Régine. Elle aimait les garçons. Elle faisait pleurer les garçons qui lui disaient qu'elle était belle.

Les garçons de cette époque-là qui jouent de la guitare et du saxo. Qui avaient les cheveux longs. Des Poètes des Vrais. Elle aimait changer de partenaire, s'envoyer en l'air, mais elle l'aimait aussi lui son pianiste comme les groupies à la sortie du studio Gang.

Elle était portée par la Splendeur. Elle était si jolie quand le vent l'emmenait.

La première fille de tous les temps aussi libre de ses émotions et de son corps et de son cœur. Elle n'avait pas besoin que tout brille autour d'elle pour te rendre heureux pour le rendre heureux le petit Michel tout amoureux.

Elle était la première Laure, mais elle s'appelait Véronique et Véronique la première des filles à la mode a dit un jour à la cantonade cette phrase réservé aux hommes mariés parés pour l'aventure : « Chéri je vais acheter des cigarettes et je reviens », mais l'homme ne reviens jamais et l'avion s'envole à Orly. Vers L'Amérique. Un dimanche.

Dans tes Alcôves givrées, l'amour est toujours en fuite. Mais des chanteuses il y en aura toujours. Regarde même dans le nouveau monde toujours un peu rétro. C'est notre défaut toujours regarder dans le rétro. Défaut du pauvre français.

Ah c'était mieux avant mon amour dans cette ville qu'on appelle. Bergame. On était Romantique mais les chanteuses sont là. Elles donnent de la voix. Elles ont voix au chapitre enfin elles changent le monde ancien. Emma Peters la géniale et Marie Nimet Dom la Nena Lola Le Lann Yaêl Naim la divine Iliona La Zarra et Jäde et Brö et Joanna et Cristina.

Elles sont effroyablement jolies et belles et talentueuses comme Coco Bans comme Noa Moon Bonnie Banane Vanille Jaia Rose et Rose et Hoschi et Lamore et Barbara Pravi. Et Mina Tindle et Clhloé Mailly. Et Maêlle et Tessa B et Tessa.

20

Et Suzanne Lindon. Et Clou et Clio Eskelina Vava.Ronisia et Carolina. Et les autres. C'est plus que dans les années 60. Des chanteuses à tous les coins de rue. Et dans ton I Phone.

Il l'aura, mais il aura Berger l'or de la chair l'ivresse la gloire, mais la tristesse avec France Gall aussi et la première place au hit-parade et Quelques Mots d'amour et le Blues du Businessman. Et la Serveuse Automate et ses Tomates. Il aura cette aura. Laure quand elle pleure son chien se demande pourquoi elle pleure. Quelles fuites d'âmes ici-bas. Est-ce façon d'y penser.

Il aura Berger la reconnaissance éternelle, les merveilleux soirs d'été dans sa merveilleuse Tristesse. Il aura Berger son nom et son adresse Tristesse. La voix du chagrin l'exaspère, les mauvaises nuits il s'enterre, il dort dans la boue, il ronge les pierres, il voudrait mourir et pourtant c'est l'amour, la belle chanson d'amour qui va le tenir.

On est si triste, alors comment trouver dans l'ivresse et dans la Tristesse qui devine l'éternité et nous alors en cet été 92, été meurtrier comme moi sur un court de tennis, il est cet homme de bien fracassé par l'amour et les chansons d'amour. Il est parti parler aux poissons d'argent, il est parti loin des regards de haine et des combats de sang là où l'air reste si pur qu'on se baigne dedans évidemment dans le Paradis Blanc. Souffrir à force de s'étreindre et se confondre dans la nuit. Souffrir sans gémir ou se plaindre sans un cri et mourir de Plaisir.

Mais Laure n'est pas Eva ou Elsa ni Perfidia. Elle n'est pas démoniaque. Elle veut faire de ta vie des éclats de rire. Elle est romantique, mais c'est vrai avec Laure des fois on s'attache en voiture en Vespa tous les soirs sans fin dans mon gilet de satin c'était le Dolce Vita. Qui est cette fille l'humide secret que je déshabille dans la pénombre de juillet.

Mais Laure n'est pas Emmanuelle, mais elle le soleil de ta vie. Soleil levant et Soleil couchant surtout couchant, elle est pour le repos du guerrier. Laure. Pour réveiller le Prince charmant. Qui dort. En toi. Si tu es intrépide ou un mendiant de l'amour ou un être inconsolable même un plombier ou réparateur de mob, un malade de l'amour. Alors tu peux tenter ta chance et t'inscrire et jouer ta destinée dans la cour des grands séducteurs.

Laure est une Jolie Môme. Elle a une source au milieu qui éclabousse du bon dieu. C'est Marie Divine dans sa cuisine. Elle veut l'amour pur et sans faille dans le profond des horizons lointains. Faut s'accrocher. Laure aime les Harleys, le vent dans ses cheveux défaits. Elle aime les blousons noirs. Elle aime Gibraltar le roi des Loubards. Et les petits chats perdus sans colliers.

Mais quelquefois elle préfère Souchon. Un petit pompier qui pleure avec sa maman. Elle se balade en blue-jean et blouson de cuir. Elle a toujours les cheveux défaits. Laure elle pleure à Minuit sur l'oreiller sous la douche elle pleure au ciné c'est sa façon de passer.

21

Laure elle pleure elle voudrait partir d'ici elle voudrait retrouver la longue nuit. Mais le candidat est prêt pour l'épreuve suivante dans la course au succès, pour la plus haute marche du podium. Pour la chaleur de l'amour retrouvé, pour l'extase, pour le bonheur, pour les souvenirs à tout jamais. Il est prêt pour la leçon de tennis avec son adorée. Enfin il aimerait l'adorer. Qu'elle l'adore.

LES MIGNONNETTES.

Alors elle arrive pour la leçon de tennis avec moi. Déjà qu'elle arrive, ça me fout le vertige. Les jambes de Steffi la grâce de Sabatini la beauté sauvage de Anna Kournikova, la Lolita qui fait des ravages dans tous les Open du monde entier même dans les petits tournois au bord de la mer.

Elle a aussi des airs de Catherine Tanvier adolescente précoce, adolescente boudeuse rendant fou d'amour les jeunes garçons, leur mettant la fièvre dans le sang. Tous rêvant d'un double mixte sur l'herbe tendre d'un gazon anglais. Elle arrive sous un ciel si bleu comme dans un film de Rohmer, comme dans le Conte d'été alangui désinvolte. Est-elle livide. Est-elle câline. Elle n'est pas docile pas futile pour une idylle divine.

Elle s'accroche à mon épaule pour descendre un petit muret sur le chemin qui nous mène au court de tennis, mais elle glisse un peu sur l'herbe humide un peu folle. Elle se rapproche, se raccroche encore à moi pour ne pas tomber. Je sens son souffle sur ma peau, elle frisonne, elle a un peu peur. Je sens son effroi. Et moi je meurs encore un peu plus. Oh que mon amour est touchante…

Laure est en short qui recouvre à peine sa peau brûlée. Son tee-shirt est déjà mouillé trempé dans son corps de pécheresse. Elle pourrait s'appeler Laura. Elle est irrésistible, mais je résiste. Elle est fine élancée. Cette fille-là, elle est Terrible. Elle est avenante tentante consolante énervante à faire jurer tous les Tonnerres de Dieu. Elle est Bath elle est OK. Elle mord dans le citron vert quand elle a soif. Elle se pointe avec une raquette Prince, mais Laure joue à peine, elle n'est pas bien classée, elle ne dispute pas de matchs en trois sets.

Elle est comme un oiseau blessé, mais elle veut apprendre. Mais elle a au fond des yeux des moissons de musique cueillis par des mésanges.

Elle dépose sa bouteille d'eau glacée à ses pieds. Elle me dit : « Tu en veux. » Oui j'en veux. On boit au même goulot l'eau qui désaltère. C'est comme touché ses lèvres, sa langue, j'ai comme un malaise déjà. Mais où est la Source. Où est l'eau qui désaltère. Tu pourrais lui dire : « J'inventerais l'amour sur chaque grain de ta peau. Je me ferais marin si un jour tu chavires », mais j'évite, je résiste encore, je me retiens de m'effondrer dans ses bras.

La leçon commence. Quelle vie étrange plus de mots bleus. Plus de poètes, plus de poésie. Et au bord de la faillite, je continue d'écrire des poésies. C'est Paris qui m'habite je continue d'écrire des poésies.

Mais elle est rieuse enjouée. Elle joue avec application. Elle a dit : « Je veux personne au bord du court j'ai trop honte de mon revers. » Elle est sympa pas hautaine pas lointaine. Elle habite à Paris rue de La Fontaine.

22

On se rejoint près du filet pour un conseil technique, une position meilleure de sa raquette rose, mais parler est inutile. Quand elle te regarde, c'est un petit animal blessé comme une Mélody Nelson puis elle repart en courant. Elle tape dans la balle en poussant un petit cri comme pour imiter les championnes. Comme Maria. Comme Monica.

Elle est marrante attendrissante, mais dangereuse une muse étrange. Et toi t'es pas marrant intimidé. Mais il est ou ton humour à deux balles, ton charme, ton sourire, ton atout majeur. Ah c'est dur il faut être léger, mais aussi profond intelligent cultivé sans l'étaler ta culture, sans donner des leçons. Au bal promettez-nous avant que le malheur nous ronge un rendez-vous. Alors rendez-vous.

C'est ça le plus dur, donner la leçon sans la donner vraiment. Comme si c'était naturel sans directives comme si elle découvrait elle-même le Chemin des Rivières. Surtout éviter les phrases toutes faites, les souvenirs ennuyeux, les lieux communs : « Tu sais à cette époque quand j'étais jeune à Rollang je prenais les matchs les uns après les autres. »

Un mot de trop déplacé et elle va t'agonir ou pire t'écraser te lâcher t'abandonner avant la finale en rase campagne sans un regard. Quand les larmes montent. Quand le moral descend c'est la corde au cou.

Mais le moment propice au rapprochement des corps et du sentiment dans la leçon est le moment pour le maître des lieux de montrer à son élève comment servir avec élégance la première balle et la seconde. Aussi.

Lui montrer tout ce déroulé assez subtil de ta raquette qui vient fouetter dans un élan rageur la balle la projetant de l'autre côté du court dans l'espoir de mettre en difficulté ton adversaire et même qu'il ne touche pas la balle pour un full Ace alors cela fait 15 à 0.

Je lui apprends tout même la règle du jeu et le décompte des points et le classement français unique au monde comme moi j'étais moins 15. Un moins que rien. C'est grisant, mais pour le service pour bien lui apprendre. Il ne suffit pas de démontrer et d'expliquer, il faut aussi prendre son élève par la main, par les hanches et la guider dans ses gestes maladroits.

Il faudrait toucher Laure qui est déjà en sueur dégoulinante qui dégouline en fines gouttelettes entre ses seins, sur son front, dans ses yeux, mais elle a fond des yeux un horizon de feu ou s'embrasent les cœurs des marins oubliés. Je ne l'ai pas touché, j'ai fait de mon mieux, mais elle. Elle me touche volontiers, me taquine, me recherche, me cherche, me regarde. Dans les yeux.

Je pourrais tenter l'impossible. Elle est si proche. Un geste d'affection une caresse, mais je n'ose et puis trop tard et puis les autres s'amènent pour la photo alors elle m'enlace, se colle à moi elle est collante comme dans l'été meurtrier comme dans l'année des méduses. Comme Isabelle.

À ce moment-là elle est belle comme Isabelle comme dans la chanson. Elle est belle comme Adjani. Elle me regarde avec ferveur comme si nous étions des amants puis elle me dit merci et elle s'en va en riant. Ton sentiment me fait gonfler mes voiles d'ange.

23

Laure est comme un aimant pour les amants de la première heure, ceux qui jouent leur vie comme au jeu de cartes et qui restent tard la nuit. Qui attendent le petit matin un peu maudit, un peu vieilli, un peu paumé. Ceux qui attendent toute leur vie. Pour avoir Laure, il faut être un combattant. Ou un mécréant céleste. Mais ce soir c'est soirée Barbecue et soirée Dansante en Prime Time. Dans la villa près des montagnes des Pyrénées

Tu joues ta vie et le reste. Ce jour-là ne met pas de veste. La nuit est si douce près de la mer. Ou alors une veste de soie rose. Laure un jour te prendra par la main. Elle te dira si ça te dirait de retrouver avec elle les Paradis Perdus. Au dernier jour de ta vie. Enlaçons dans le grand feu de l'été. Donnons nous le baiser des adieux.

ELLE VEUT LA FÊTE ET QUE ÇA BOUGE.

Au bal promettez-nous avant que le malheur nous ronge un rendez-vous. Alors rendez-vous.

C'est une belle soirée d'été quand on peut rester des heures dehors tellement la chaleur nous tient le cœur et le corps comme dans la Maladie d'amour. Mais celle de Murat. Monsieur Le Comte et Madame la Comtesse reçoivent ce soir en leur terre dans leur jardin illuminé tout le voisinage.

Tous les amis de longue date et la famille unie par les liens du mariage et de la tradition ancestrale. Mais ils sont sympas quand même, pas trop snob les nobles décontractés, mais conformes. Bonsoir très cher. Bonsoir Ma Chère. Très attaché aux traditions, à la famille et ses valeurs.

On le sait bien, ils l'ont dit à la télé, la patrie est en danger. C'est le grand remplacement, mais on vote pas Le Pen je le jure. On est dans l'avenir sans renier le passé.

Ils sont restés simples. Regarde ce soir c'est barbecue et chipolatas à volonté. Et des merguez. Bon d'accord un peu de caviar un peu saumon sur canapé en amuse-gueule avec le Champagne rosé. Pour les invités de grande classe. Les barons et les baronnes de la région, mais aussi des jeunes entrepreneurs innovants. Des manants, mais très doués dans les nouvelles technologies.

Le pognon appelle le pognon et la réussite. Ils sont des nôtres. Même ce jeune Ivoirien si beau avec des dorsaux qu'on aimerait le voir sous la douche. Sûrement un sportif, un footeux si beau, mais aussi entrepreneur de bonne volonté. Dans les Télécoms.

Mais ils sont mariés blancs et catholiques alors ils sont des nôtres. Et pour le mariage on prendra Lenôtre ça les fait tellement rire. Ils sont restés proches du peuple. Les enfants de toute nationalité courent dans tous les sens dans le jardin tout décoré. On ne peut plus se mettre à dos tous les enfants tous les jets d'eau.

Ils ont engagé un petit orchestre installé sur une petite estrade. Des jeunes bien élevés, des blondinets, des artistes du coin. Nobles et solidaires. Ils ont pris des artistes inconnus, mais de talent, recommandés par la Maison de la Culture. Du Pays basque. Ils sont bon chic et dans la norme. Tout le monde il est beau il est gentil et bien habillé. La chanteuse chante des jolies mélodies en Anglais et puis elle chante Mademoiselle Chang alors ça met de l'ambiance, ça chauffe.

.

24

Ils m'ont convié à les rejoindre à la soirée arrosée. Ils sont trop sympa. Je vous présente notre professeur de tennis. Madame la Marquise Madame la Baronne. Mais il est charmant votre coach. Ils sont branchés, ils parlent comme des jeunes de la cité. À la télé.

Et Laure arrive les cheveux en arrière, adorable abordable dans une petite robe blanche décolletée sur les épaules. Sur un coin d'épaule. Elle est à croquée, bronzée, elle est lumineuse, elle éclaire ta vie, elle t'emporte. Et L'amour t'emporte. Pour elle. On se mettrait aux anges. Je crois que c'est Paul le beau gosse qui se la joue, qui se voit déjà avec elle en haut de l'affiche qui fait l'erreur fatale. Il lui dit comme un con quand elle arrive à peine arrivée en se précipitant l'imbécile qu'elle est la plus belle pour aller danser. Lui parler lui semble ridicule.

Et le regard amusé méprisant qu'elle lui lança fait de ce fait qu'il.est presque hors du jeu à peine la soirée entamée.

Qui est cette fille, quel est cet amour que je déshabille dans l'ombre épaisse de la tour. Mais Laure est fatale bien que jeune fille comme une femme.

C'est le gardien descendu de son tracteur qui officie à la cuisson des saucisses bien grillées. Des Merguez. Appétissantes parfumées. Laure boit du rouge, elle fume une cigarette anglaise et tous les garçons à la ronde se pressent avec leur briquet. Tous les garçons auront droit à leur tour de danse chaloupée. De Salsa. Le vieux Duc, le jeune Prince. Tous les invités et les filles aussi. Les Princesses de Sang aux yeux de braise. Ils tombent tous sous le charme comme on tombe sous le feu comme on tombe sous la mitraille.

Rien qu'en croisant ses yeux on plongerait dans les flammes. La chanteuse chante avec délicatesse : Calypso de France Gall et Samba Mambo en hommage à Michel Berger au pays de Guétary de Mariano. Au pays des Merveilles. J'ai gominé mes cheveux comme Rocco pour ma Karin Redinger et puis elle enchaîne la chanteuse de bal avec Besame Mucho. Et laisse tomber les Filles.

Je me suis sapé à la mode comme Julio. Rien que de touché son corps dans mes bras qui s'abandonne à la danse, mon cœur est en ébullition. La lave tiède de ses yeux coule dans mes veines malades. À chacun ses héros. Laure aime Police et Toto. Et Moi Dario Moréno.

Ma Séniorita a des relents de Rumba. Elle danse le Cha Cha Cha. Elle m'a dit : Viens nous danserons Cha Cha Cha. Xavier Cugat et Ima Sumac et le Cha Cha Chi. Elle danse et elle les affole tous. Tous les Mâles consentants à sa beauté. Toutes les femmes. Laure les trouble un max. Aucun Express n'aura son envergure. Aucun Tacot n'y accostera. Et la Chanteuse chante Manuela version chaloupée. Premier succès de Julio.

Alors je lui raconte des histoires, histoire de pas être un ignorant à ses yeux taillés en amande. Je lui dis que la Bossa c'est la danse qui enivre les corps, mais qu'elle a été inventée par Henri Salvador un soir au Brésil. C'est lui qui a trouvé le tempo de la Bossa et pas Joao Gilberto comme les ignorants le racontent à la télé. À la télé ils n'y connaissent rien. À l'histoire merveilleuse de la chanson française. À chaque saison qui passe je prends du bon temps et chaque rencontre est un baiser.

25

Elle est éblouie de ma culture naissante alors j'enchaîne. Je lui raconte encore et encore pour la garder en suspension en buvant un verre de champagne très proche et les autres candidats au bonheur sont un peu en retrait. Ils nous épient. Les autres sont jaloux. C'est beau ça c'est beau ça c'est beau ça Bossa Bosso Bossa.

Je lui raconte. Elle me dit : « Alors Raconte. » Alors je lui raconte. Salvador était un génie alternant chansons douces et tendres d'amour naissant comme : « Sûr de nous », et des chefs-d'œuvre comme : « Dis Monsieur Gordon Cooper », mais c'était un rigolo comme le nom de sa maison de disques. Producteur de Jacky Moulière qui était beau comme Jacky et de Tiny Young qui était très belle elle aussi.

En 64 il sort une chanson de fou : « Zorro est arrivé » et un animateur de Europe N1, Hubert Wayaffe dit Hubert une star de la radio, et le dit Hubert il va passer la chanson en entier pendant une heure sans arrêt. Sans peur de saturer, sans peur des représailles et accroître le succès qu'elle a déjà cette chanson. Mais il faut dire que ce garçon Hubert il a épousé la fille du patron de la radio à cette époque en pointe. La fille de Sylvain Floirat, un des pontes du capitalisme de cette époque bénie des années 60. Et donc souvenir impérissable pour les Baby Boomers qui avaient à peine 12 ans. Zorro arrive pendant une heure. À la Radio des Copains. Avec votre permission. Merci Patron.

Elle est captivée Laure à mon récit qui n'en finit plus. J'en fais peut-être un peu trop. Les autres ont sorti les mitraillettes pour me finir à la hache si je ne la lâche pas enfin pour le dernier slow. Enfin elle se montre attentive, elle fait semblant, montre de l'intérêt.

Elle s'intéresse, elle est gentille, mais elle s'en fout de tout, mais elle apprécie la chanson, la poésie et Boris Vian aussi, mais elle m'aime bien, je crois. Je lui dis que en France un groupe de chanteurs, de musiciens un peu jazzy de grand talent chantent des chansons assez rigolotes eux aussi et que ce groupe s'appelle : Les Haricots Rouges. Elle est sur le cul. Laure. Estomaquée.

J'y crois, j'ai encore mes chances de victoire. Et puis je lui sors, comme ça, que la musique est un cri qui vient de l'intérieur. Je l'impressionne. Je crois.

Quand je t'aurais bien lu y compris les annonces j'irais au marché aux poissons et t'envelopperais de moules vertes. Au fond t'es qu'un journal mouillé imprimé en noir et blanc. Elle est bien plus…

Dans le vert de ses yeux il y avait d'autres terres dans l'immense clairière des châteaux fabuleux. Mais oui Laure est châtelaine. Tu n'as aucune chance même une nuit dans une dépendance. Une nuit dans la bergerie avec Lady Chatterley. La princesse fait des infidélités au roi avec ce manant invité de justesse à manger des chipolatas avec la crème du Pays basque accroché à ses basques mais rien n'était chimère dans le vert de ses yeux.

Je pensais à ce long poème de Léo Ferré des années 70 avec la voix délicieuse de Danielle Licari : « Il n'y a plus rien. »

À la fin Léo nous assure que dans 10 000 ans les larmes brilleront comme des émeraudes dans les yeux des filles. Dans un nouveau monde enfin arrivé.

26

Si je pouvais la faire pleurer Laure alors ses yeux seraient des émeraudes, et moi comme le Prince charmant je l'emmènerais près des barrières, mais déjà je la fais sourire un peu. Hier elle marchait devant moi. Elle sautillait légère sur le sentier étroit que bordait la bruyère.

Laure on aimerait lui laver les cheveux le matin à l'aube après une nuit d'amour et de tendresse infinie.

Et puis la chanteuse invite le vieux crooner de ses dames énamourées à venir chanter une chanson pour le plaisir des invités déjà grisés par les vins rosés et blancs. Dans son costume blanc de vieux chanteur sur le retour, il prend le micro et il chante une chanson de Christophe : « Les Mots Bleus », et Laure a des étoiles dans les yeux. Elle a soudain au fond des yeux des miroirs bariolés qui ont des airs de lacs de sang et d'eau mêlés. Alors elle se serre contre moi. Si le temps pouvait suspendre son vol.

Quelle vie étrange, plus de mots bleus, plus de poètes, de poésie. Les poètes ce sont des drôles de types qui vivent de leur plume, leur âme est en carafe sous les ponts de la Seine. Ou alors ils ne vivent pas, les poètes c'est selon la saison. Ils ne vivent plus. Il n'y en a plus.

Quand elle part de la fête resplendissante le vent d'avril souffle en hiver. Mais elle se retourne vers moi comme un appel de la lumière. Elle me dit : « Pour que ta nuit soit douce », mais moi j'habite au loin à Saint-Jean alors dans la nuit qui commence sur ma mob je m'envole sur la route. Sur ma mob je suis bien, je suis bien et je chante.

Son sourire dans ma tête dans mes yeux bleus d'amoureux. Mais demain j'attendrais Laure à la croisée des chemins je lui apporterais du lilas comme toutes les fois et je lui dirais tous les Mots Bleus les mots qu'on dit avec les yeux.

J'espère les trouver dans les livres cachés dans la cave que je lirais. Je lirais tout Verlaine toute la nuit et Rimbaud. J'écouterais tout Ferrat tout Ferré et Mouloudji et Escudéro et Adamo. Et Christophe.

Dans le vert de ses yeux j'ai vu une espérance. Angora montre-moi d'où vient la vie, où vont les Vaisseaux Maudits. Laure un jour te dira. Elle te montrera ou tu pourrais par hasard retrouver avec elle les Paradis Perdus. Au dernier souffle de ta vie perdue sans elle. Avec Laure chaque jour est comme un Cadeau et chaque matin est comme une Flamme. Mais pas une flamme olympique.

Elle éteint la bougie parfumée et dans le silence dans la nuit étoilée qui se lève encore elle se barre. Elle te quitte, mais sans te réveiller pour te laisser dans tes rêves pour que tu ailles comme un crétin notoire jusqu'au bout de tes rêves.

27

Laure chevauche de bon matin dans les forêts du Loiret avec les oiseaux sur un cheval noir et lustré. C'est une guerrière, une belle Amazone comme dans les temps anciens. Tu vois, tu peux te lever de bonne heure. Elle fait des ravages sur la côte d'Albâtre, sur la côte de Nacre, sur la côte d'Opale. Elle te ravage tout le cœur tout le corps et ton âme au septième ciel.

Les garçons abandonnés viennent à Étretat pour se jeter en haut de la falaise tout en bas sur les rochers. Ils finissent leur vie tout démantibulés quand la souffrance est trop forte, quand ta vie s'enfuit sans elle, quand ta tête se vide sans elle, quand c'est le chagrin devant les fleurs desséchées. Quand elle est partie sans petit déjeuner, sans prendre un croissant. Ni même un petit pain au chocolat.

Laure est cavalière, coureuse de fond, skieuse dans les neiges d'antan, elle est nageuse de l'océan. Et à la piscine aux Batignolles. Elle te fait tanguer. On ne peut plus ignorer notre instinct de mort. Je regarde le ciel, les mains tendues vers toi. Mon Dieu si elle t'appelle parle-lui de moi.

Elle est pilote de course dans une voiture qui va vite, elle est promeneuse à bicyclette, elle connaît tous les chemins environnants si tu es prêt à vivre l'enfer. Et manger de la reinette. Mais Laure n'aime pas les orgueilleux, les prétentieux, les hommes pressés de prendre Maîtresse.

Laure est élégante, mais elle n'a pas des formes avantageuses débordantes. Laure est mince et longiligne, mais elle n'aime pas les hommes qui insistent, les lourds, les pénibles, les ambitieux, les moins que rien.

Avec un petit clin d'oeil, tu peux avoir un rendez-vous d'amour pour une nuit secrète si ton style est différent de tous les autres. En fait c'est très dur avec Laure. C'est le En même Temps qui prime sur le reste. Pour l'avoir, pour la faire chavirer, il faut être un intellectuel de gauche et dur à la fois, enfantin et un homme un vrai comme Bozzufi. Dur et tendre.

Mais Laure n'aime pas les grincheux, les coureurs de jupons essoufflés. Tous les garçons aiment Laure sauf les apeurés de sa trop grande liberté, parce qu'elle est trop désirable. Désirée à la tombée du jour quand elle court seule sur la plage. Quand le soleil se couche à l'horizon.

C'est une Maîtresse Messaline. Elle peut être contremaître à l'usine ou pompier de service. Elle peut te sauver des flammes de l'enfer. Elle peut faire le matin les abattoirs et le soir le trottoir.

Tu la reconnaîtras toujours. Regarde-la. C'est elle. Là elle est même chauffeur de, car agent secret. Mystérieuse Mélancolique ou Strip-Teaseuse à Pigalle devant les hommes éblouis.

Surtout elle peut être Gardienne de la Paix. Dans la rue de la Paix. Quand elle apparaît c'est une apparition et le conflit s'arrête soudain. Entre les hommes de bonne volonté. Le Grand Amour c'est Dieu comme un instant. Mais elle peut s'appeler Dolorès comme la Chanson de Dolorès de Jean Louis Murat. Une des plus belles du monde tout entier des chansons d'amour.

28

Mais cette chanson s'appelle aussi L'irrégulière. C'est ça Laure dans l'histoire de l'humanité et des hommes en souffrance. Laure c'est une Irrégulière. Une aventurière, mais romantique, mais elle peut devenir régulière.

Elle vit en Dordogne avec les moutons les brebis et les chèvres au milieu des montagnes. Dans le Tarn-et-Garonne au bord de la Garonne. C'est une fille qui veut tracer dans le bleu.

Mais le lendemain en fin de journée, la petite bande de vacanciers un peu nobles distingués, mais sportifs l'été quand il fait beau. La petite bande s'est donné rendez-vous pour un petit tournoi entre nous de tennis de double mixte.

HISSER HAUT LE DRAPEAU.

Les grands joueurs de tennis devant l'éternel et même les plus petits, les obscurs ne jouent pas le double mixte. D'ailleurs il n'y a pas de tournoi de double mixte dans tous les tournois sur la côte d'Opale, sur la côte Normande sauf les grandes épopées à Paris aux États-Unis. Sauf dans les clubs de vacances pendant l'été. Les animateurs animant organisent gentiment un double mixte surprise pour que tes vacances soient inoubliables. Pour des instants fragiles

À Rollang Garros personne ne sait quel est le couple vainqueur du tournoi de Double Mixte et pourtant quel merveilleux moment de vivre cet instant avec une partenaire qui tape la balle Comme un Garçon. Une Fille aux cheveux longs. Tous unis comme des complices amants frères et sœurs cousins cousines.

L'homme protecteur dans son short trop long plus fort que la fille au tennis interceptant la balle au filet.pour que la belle ne la reçoive pas en pleine poire et puis les bisous d'amour plein de sueur après un joli point et puis l'étreinte à la fin de la partie. Ruisselants. Ruisselantes Gagnantes. Et la Douche ensemble. Au sauna pour perdre du poids.

Mais un double mixte avec Laure, c'est comme toucher le ciel sans y monter jamais. Il n'y avait dans l'histoire de la grande histoire du tennis que Jean Baptiste et Gail, une des sœurs Shérif comme des amoureux du monde entier.

Elle m'a choisi comme Partenaire Particulier car je lui ai appris tant de choses qu'elle me veut moi pour le petit tournoi entre amis de double mixte à la fin de la journée d'après. Elle est toujours sublime légère comme elle vole toujours. Elle est toujours attirante à midi à minuit.

Le temps n'a pas de prise au lever du jour à la tombée de la nuit. Elle t'attire encore. En short ultra court tee-shirt jaune à mourir. Ou petite robe blanche ultra courte de chez Lacoste. De chez Nike. Elle est chouette Laure avec ses yeux à négocier toutes les Mirettes de ton Quartier. Comme au Cinéma, la chanson de Nougaro, elle a du cœur et de l'estomac. Elle. Tu es comme le vent qui fait chanter les violons et emporte au loin le parfum des roses. Parole Parole inutile sauf si la mort te sourit.

29

C'est elle qui sert la première et les autres sont malades de notre rapprochement invincible évident alors ils se rapprochent d'elle à la moindre occasion au filet pour la complimenter, pour lui taper dans la main, sa main en sueur et s'en lécher les babines en secret.

C'est comme si on était ensemble déjà complice, des amants cachés au regard du monde, amoureux heureux et cruels. Ses regards ne regardent que moi. Elle compte sur moi pour que je la protège et elle m'attendrit quand elle fait la faute. Quand la balle qu'elle tape est *out* ou dans les grillages pour que je lui pardonne alors elle se blottit un instant contre moi comme une toute petite fille. Tu en meurs. Comme une Petite fille du soleil et de l'azur.

Contre moi un instant en me regardant tendrement comme si j'allais la gronder, comme un mauvais joueur, un mauvais perdant. On s'en fout de perdre pourvu que le match dure la vie entière toute la nuit étoilée et qu'elle s'endorme entre mes bras, entre mes draps rayés dans la chaleur des soirées de l'été. Des nuits chaudes et sauvages. Et puis elle repart en riant. Les autres pourraient me tuer sur un coup de tête de désespoir amoureux. De jalousie extrême.

Je pourrais mourir. On devrait mourir quand on est heureux pour ne plus souffrir. Comme cette chanson divine de Jacqueline Dulac. Pour qu'elle ne soit jamais en cage comme la Panthère noire le Chat sauvage. Nous aurons du pain doré comme les filles sous les soleils d'or. Nous aurons du vin la sensation d'avoir existé dans un autre monde.

Plus de l'été hors de l'eau pour l'accueil aux vergers. C'est le débit le cadavre débit.

Mais je suis au-dessus du lot de ces petits amateurs de tennis, de ces petits jeunes de bonne famille prétentieux, mais amoureux. Transi. J'accélère la cadence, je lui vole quelques balles importantes à la volée, je m'envole, me déploie, elle me transporte.

Je fais parler ma stature de tennisman de haut niveau. Je sais c'est nul. Je suis aussi prétentieux, comme les autres comme ça de profiter de sa force naturelle, de son savoir pour les humilier, les exécuter, mais je les maudis ceux qui veulent me la voler moi qui ne suis pas bien né comme eux les futurs dirigeants exploitants de la France profonde. Laborieuse. D'en bas…

Alors on gagne. Alors on est en finale. Elle transpire, elle ruisselle de bonheur. On se congratule, on se touche encore.

J'ai la chair de poule, des tremblements. Des frémissements les plus légers. Comme si la Terre penchait en ma faveur.

On a gagné la médaille d'or alors au bord de la piscine avec les amis, on boit, on arrose la victoire et puis elle enlève le haut et puis elle enlève son petit short avant de se glisser dans l'eau fraîche et pure pour quelques longueurs. Elle nage le crawl comme Laure qui n'est pas encore née, mais j'aimais déjà la natation.

Mais avant de partir, elle me dit qu'elle part au loin, qu'elle part loin d'ici dans deux jours avec un sourire.

Deux jours avant l'exploit peut-être alors il faut se préparer et fourbir ses armes. Il faut y croire, mais dans ses yeux j'ai cru voir la promesse d'un été sans fin.

Mais je ne suis qu'un petit coureur interrégional, un petit joueur de foot de CFA, un Cycliste du dimanche qui roule à l'aube au Bois de Boulogne autour du lac. Un joueur de deuxième division le samedi à Bagatelle, un joueur de tennis de plage, un volleyeur égaré, je ne suis pas La Baronne. Il te faudra être jamais distant distrait et cruel. Il faut que tu sois gentil plutôt, mais jamais éteint surtout pas hautain ni lointain. C'est dur, mais il faut être à la hauteur.

Mais je ne suis qu'un petit chasseur de terrain vague de lapin de Garenne et tout d'un coup je suis sélectionné pour le grand soir, mais on n'est pas à Mexico. C'est la petite ville de Bidart au Pays basque. Le terrain de jeu. Elle sera mon unique projet. Si j'étais un artiste, je porterais ses portraits dans tous les palais du Pays basque. J'aurais voulu être un acteur. Un chanteur.

Tu dois te surpasser tout d'un coup et en deux jours relever le niveau. Ton niveau. Il faut devenir Chasseur d'Ivoire, trouver la forme olympique. Il faut que tu l'aies et que tu l'aimes à faire trembler tous les murs de Jéricho. Il faut que tu devines l'éternité, que tu laisses le vent du soir décider. Il faut que ta vie s'illumine au feu de sa chaleur. Le visage aussi dur qu'un rocher le sourire barbelé la grenade dans la gorge des dieux c'est le débit le cadavre débit.

OÙ VA-T-ELLE DORMIR ?

J'ai 26 ans. C'est la jeunesse encore et je suis beau qui fait rêver. Les Filles de La Rochelle. De L'Ile de Ré. Je suis prometteur d'avenir, mais attention avec une fille comme Laure surtout évite les faux pas, les faux semblants, tout ce qui est faux. Si tu t'amènes en lui disant : je suis le prometteur d'avenir alors moi ma chérie je te promets le sel au baiser de ma bouche. Je te promets le miel à ma main qui te touche. Tu vas le sentir passer et le sentir son regard amusé un brin moqueur envers le prometteur d'avenir à la ramasse perdu d'avance dans ces avances de séducteur amoindri.

J'ai 26 ans. Je suis au top de ma forme de mon corps de ma vie encore comme les garçons, prêt pour le podium, pour la première place dans le stade en furie dans le dernier tour au sprint lâchant Ron Clark dans la dernière ligne droite coupant la ligne de ta poitrine.

Je suis le prometteur d'avenir. Je suis beau ça fait rêver les filles alanguies pour Nuit de Chine. J'en ai connu des ivresses amoureuses. J'en ai connu des filles, des câlines et des câlins infinis avec des filles qui ont comme un petit Chat Sauvage dans les yeux. Et des filles affamées, des belles de nuit sur la Piste aux étoiles. Des filles des hauts Fourneaux, des filles de chez Renault, des filles de l'Assistance, des filles qui en veulent. De l'amour le vertige. Des filles de chez Régine. Sans leur Papa.

30

J'en ai connu des coups de foudre même si le slow n'existe plus, on se frottait quand même quand on dansait le slow. Et en v'là du slow, en v'là sur la musique des îles. On s'embrassait à perdre haleine à la menthe. Claire. J'en ai connu des coups de blues à Deauville le matin quand elle s'en va à la fin de l'été. Seul sur les Planches. Tu restes seul. Laure, elle voulait voir Dutronc et elle a vu Dutronc.

J'en ai connu des esseulées, des assoiffées, des délurées. Ce sera toujours le blues dans la banlieue de Mulhouse. On ne peut plus ignorer notre instinct de mort. Mais il y a encore des orages comme tous les jours à Wallis et Futuna.

Et puis j'ai connu des filles qui s'accrochent, des filles qui t'aiment pour la vie et que toi tu n'aimes pas et puis que tu aimes comme un fou après quand elle est partie lassée de ta bêtise crasse de tes réflexions déplacées, de tes copains supporters qui la sifflent à la mi-temps quand elle est partie avec un autre garçon aux cheveux longs.

Elle part avec un poète qui savait parler aux femmes, qui savait leur dire les Mots Bleus. Ou se taire ou chanter ou parler avec les yeux. J'en ai connu des filles d'avril qui ne se dévoilent pas d'un fil et les filles au Cœur Grenadine. Les filles des îles. Aux Marquises.

J'en ai connu des Corinne Charby au Troquet du coin près d'un Flipper. Des Annie Philippe, des Christine Lebail. Des Fanny Bastien si belles au charme fou. Et Delaroche sublime. Quand elle voit passer un bateau. Elle rêve de se jeter à l'eau.

J'en ai connu. Toi aussi t'en as connu, je sais, des filles légères un peu rondes, un peu faciles, des petits boudins comme dans la chanson de Dominique Walter. Des filles qui se laissent faire même dans la voiture avant le dîner et puis celles qui ne veulent pas dîner et celles qui ne veulent pas le premier soir et celles qui veulent bien déjà l'après-midi.

J'en ai connu des allumeuses, des Allemandes, des Hollandaises, des provocantes et puis des garçons manqués comme Dani mince aux cheveux courts si jolie à 25 ans qui aiment les filles aussi, mais aussi toi un soir pour voir.

J'en ai connu des ingénues, des débutantes au bal des grands soirs, j'en ai même connu des femmes qui veulent t'apprendre comment on fait. L'amour l'après-midi après le goûter. Quand tu vas encore à l'école communale.

J'en ai connu des petites filles de rêves qui n'ont pas les yeux charbon noir et puis ces filles, le pire, qui te donnent tout leur amour et leur corps et leur âme et qui te jurent pour toujours mon amour.

Et puis qui te jettent le matin pour partir avec un autre. Un garçon qui joue de la guitare en bandoulière et de l'harmonica et qui leur écrit des poèmes qui te chavirent avec des rimes riches de belles envolées lyriques et des mots venus d'ailleurs.

31

Des garçons qui te chantent du Ferré : « Je vous aime d'amour », et qui inventent des mots qu'on dit avec les yeux. Quelle vie étrange plus de mots bleus, plus de poètes, de poésie. J'ai des idées au frais pour l'hiver à rimer le bifteck avec les engelures.

J'en ai connu des jalouses et celles qui veulent bien que tu viennes avec un ami et même avec tous tes amis du quartier et celles qui se couchent avec toi et une copine. Et une autre encore. Des femmes libérées. Et même un petit joint de temps en temps. Comme une cigarette après l'amour.

J'ai le physique du prof de tennis, mais pas celui d'un champion, j'ai les yeux bleus certes, mais pas les mots et pas la grandeur immense du corps et de l'âme. Je ne suis pas un jeune loup. Je n'ai pas la pointure pour Laure, pour avoir Laure. Pour gagner Laure à la régulière.

Mais elle est là et moi aussi, un peu par défaut, par chance, tu sais un peu quand sur le stade les favoris ont fait une dépression soudaine et déclarent forfait et les autres pris de malaise ou appelés en renfort quelque part alors tu te retrouves seul devant la barre si haute trop haute pour toi…

Mais tu es seul sur le stade et les gens devant la télé en Eurovision sont pendus. Et Zitrone est devant son micro. Alors il faut quand même concourir. Et Franchir et Vaincre sans péril. Tes cris sont des violons des rues des flûtes de laitons. Ton goudron j'y pendrais le suc de mes cavales.

Mais le soir comme un apprenti je dîne dans la cuisine comme à Yvetot, mais pourquoi dans la cuisine. Elle pleure Laure des fois. Sa vie lui semble être une vraie folie sans queue ni tête toute riquiqui elle voudrait partir d'ici retrouver la longue Nuit.

LA VÉRITÉ BELLE À VOIR…

Le soir après le boulot de prof de tennis pour les riches, pour leurs enfants, prometteur d'avenir pour la France en danger envahie, avant de rentrer à Saint-Jean sur ma mob, je dîne dans la cuisine avec eux, les enfants. C'est sympa il y a une bonne ambiance avec la cuisinière en chef et les filles au pair hollandaises et puis de la famille qui passe. Chez ces gens-là on aime les familles nombreuses, ils sont très famille, ils s'aiment les uns les autres. Enfin pas trop les autres.

Alors souvent le soir il y a des nièces et des belles-sœurs et puis des cousines. La tablée est grande et joyeuse. On passe un bon moment pendant que les grands, les vieux dînent dans la grande salle à manger. Avec les Princes et les Ducs. Et la Comtesse Maîtresse de Maison.

Et puis un soir Laure est venue dîner avec nous le petit personnel dans la cuisine près des fourneaux. La vague déferlante d'amour nous éclabousse ce jour de façon cavalière.

32

Laure est noble, elle est certainement Marquise, mais celle des Anges, mais elle est belle comme une paysanne des hauts plateaux, comme une gardienne des pâturages, comme une fermière de l'ancien temps.

Elle est jolie et tendre et affectueuse et joyeuse, son sourire n'est pas un sourire, c'est une source de bonté.

Un seul de ses regards et tu peux affronter les dragons géants. T'agenouiller dans les églises barbares. Elle te touche la main et tu es chevalier d'autrefois, un cavalier de la cavalerie. Tu entends presque les motos sauvages qui envahissent le pays. Basque. Mon épée d'or est en fer blanc. Mais il est fatigué mon beau cheval blanc. Ses rêves bleus sont un peu gris.

Quand elle est là, c'est beau comme un feu qui s'allume, un cratère de lune, du sable des dunes. Quand elle est là à mes côtés, assise au plus près qu'on pourrait se toucher, c'est beau comme une soirée d'automne, sa peau qui frissonne dans le silence parfumé alors je la cajole. Quand elle est là, je suis criques et falaises, glace et fournaise, chaleur de braises. Je la sens divine dans la mer des miroirs qui la dessinent.

Il faudrait que les choses les plus belles restent toujours en suspension, mais la cuisinière sert le repas : des fruits de mer des étoiles de mer des fruits confits des fraises et des framboises de la belle saison.

Laure est là près de moi assise à mes côtés. Comme je suis le professeur, je préside en bout de table un peu comme Gabin dans la Horse. Comme un patriarche avec les petits enfants et les petites filles qui nous demandent en pouffant si on est amoureux moi et Laure tellement mes regards ne regardent plus ailleurs, mais plus qu'elle.

Je rougis. Elle aussi. Qu'elle est belle quand elle rougit. Les petites filles rigolent. Elles se moquent de nous. Amour trop bel amour vagabonde qui pourrait nous chanter à la ronde.

Des petites filles qui parlent d'amour déjà en buvant le vin rosé très frais. Il y a de la bonté dans l'air, mais sommes-nous la Noblesse. Sommes-nous la Sécheresse. Sommes-nous la vaillance, mais Laure je sais sa défaillance. Sommes-nous de connivence. Sommes-nous des Gonzesses. Sommes-nous la Romance ou le dernier Coquelicot.

Laure est si proche que le monde a disparu soudain même la fourchette et le couteau. On mange avec ses pieds dans ce monde inventif. C'est comme ça le Paradis. Laure est paradisiaque. Laure est comme Vénus, elle est née des

Caprices, elle est Pomme d'or Pêche de diamant, elle est la pluie, elle est la rosée, elle est guidée par une étoile.

Les enfants courent et rient et Laure ne regarde que moi. Alors je la courtise comme au temps de l'ancien temps.

33

Le dimanche ils vont à l'église du village les nobles des temps nouveaux. Le curé est très pote avec la Comtesse qui lui file pas mal de blé pour les œuvres de la paroisse en feu.

Mais quand Laure se point à l'horizon comme un soleil radieux. Laure est une bonne sœur une bonne fille, une nièce, une cousine, mais pour les curés de campagne, c'est une déesse de l'enfer. Une Benedetta venue les tenter dans leur chair. Même les enfants de choeur la matent derrière l'église, derrière la Sacristie en pleurant, en bouffant leur hostie, en buvant tout le vin de la messe. De la Terre.

On est soudain si proche au temps des convenances, des conquêtes à venir pour le temps qu'il reste à vivre dans cette vie qui dure l'espace d'un cri. Elle me raconte ses espoirs, ses voyages au milieu des cris des enfants. Cette sensation que plus rien n'existe sauf l'emmener loin d'ici.

Mais déjà on nous sert le dessert : de la glace et des pruneaux des fraises et de la chantilly. On va fumer une clope dehors hors de la vue des petits enfants qui ne fument pas encore, mais qui en rêvent de faire comme les grands. Les étoiles brillent tout là-haut. Un petit vent d'avril un petit vent de mai. Mais elle m'accompagne en me prenant par le bras.

J'aurais bien tenté de lui prendre la main, mais Laure impressionne. Elle tétanise le pauvre homme. Pour ne pas la perdre à jamais on n'ose pas la gagner à la régulière. Son irrégulière. Elle m'emmène jusqu'à ma mob.

Elle me dit au revoir avec les yeux et avec sa main longtemps quand je suis encore sur le petit chemin qui sent si bon la lavande avant la grand route. Sur ma mob je suis bien, je suis bien et je chante.

Tu en as perdu des filles, tu as raté ta vie au moment le plus propice, au moment de l'Alzheimer, tu t'as plus qu'un seul souvenir tragique qui te tue d'un coup.

Ce moment, tu sais, quand tu as raté Laure d'un coup sur la piste ou dans un lit tout dépend de ta condition. Mais l'infirmière des derniers instants a les yeux verts. Au moment de la mort, elle sait elle seule. Où vont les vaisseaux maudits. Elle sait d'où vient la vie, mais ta vie est finie.

Elle peut dans cette chambre d'hôpital toute blanche, elle seule peut t'emmener près des barrières. Elle seule peut te faire retrouver les Paradis Perdus.

Mais avec combien de filles tu as raté le coche. Avec combien de filles tu as raté ta vie. Demande à la Poussière.

Enlaçons dans le grand feu de l'été donnons nous le baiser des adieux.

34

POURVU QU'ELLE RÉPONDE.

J'ai perdu à la loterie avec Sylvie Arnal. Encore une que j'ai ratée. Ah oui je ne t'ai pas dit, mais moi j'ai tout raté. Tout raté dans la vie et j'ai raté ma vie. Il m'a manqué toujours ce petit plus pour devenir le super champion que la foule entière vénère de manière idiote en se prosternant. En applaudissant de manière frénétique. En était tout émotionné. De voir le champion de notre pays mettre les Polonais au tapis pour la gloire de la France.

Mais le dernier coup de reins n'y était pas au moment le plus propice, au moment de couper la ligne, je me laissais prendre le bonheur, la victoire assurée par un *outsider* venu de nulle part, d'un petit club de la région Parisienne inconnu au bataillon et je m'en allais mourir au club des nuits cassées comme un perdant inutile.

Mais avec Sylvie Arnal j'étais encore très jeune, inexpérimenté pour le haut niveau, ébloui bêtement par la beauté d'une fille jeune et belle et blonde, mais volontaire qui t'entraîne, te bouscule. Pour la bascule avec elle.

Mais elle était presque dans mes bras malgré la concurrence très rude à l'époque du monde d'avant, entourée qu'elle était par des sales petits cons, des jeunes de bonne famille sans respect pour le pauvre romantique que j'étais.

Ils venaient la chercher chez ses parents avec la dernière Porsche à la mode. Carrera. Ils mettaient des bottes rouges pour l'emmener danser. Ils l'attendaient en bas de son immeuble dans la rue La Fontaine. J'ai perdu d'avance, j'ai perdu la guerre, le sens des affaires.

Mais elle ne cédait rien à leurs avances pour autant malgré des nuits entières à danser au Saint-Hilaire ou chez Régine en buvant du champagne et du vin de Moselle, mais j'étais insuffisant. J'ai compris trop tard que les filles, même comme elles, préféraient des fois les pauvres garçons intimidés par la beauté, par l'émotion d'un premier amour, d'un premier émoi.

Et elles attendaient ces filles-là un peu de courage, un peu d'audace pour enfin tomber dans tes bras et te rouler une pelle à tout jamais inoubliable. J'ai perdu le sens de l'humour.

J'y étais dans ce café à la Porte d'Orléans tout seul avec elle, j'avais semé les autres, elle téléphonait à sa mère pour dire qu'elle était un peu en retard, qu'elle traînait avec un pauvre garçon transi de désir un peu nunuche mais attendrissant. Mignonnet. Mais qui n'osait pas le geste tendre.

J'étais avec elle dans la cabine téléphonique de ces temps anciens si petite. Il suffisait d'un signe, d'une caresse osée. Mais je ne l'ai pas touché. Pourtant elle voulait bien.

Pourquoi le jeune garçon n'ose pas embrasser la promise ? Cet idiot et rate encore la première marche et passe à côté du bonheur. Je n'ai gardé que son doux visage comme une épave sur le sable mouillé.

35

J'ai perdu tout seul, je n'ai pas osé. J'ai perdu la mémoire, j'ai perdu le sourire. Et puis j'ai perdu aussi lamentablement ma vie avec Martine Carini qui était la plus belle fille du quartier, peut-être même la plus belle fille du pays, de Paris, de tous les pays et du monde entier. Encore une fois un manque de maturité certain, une innocence de la jeunesse, un peu de prétention aussi avec elle.

C'est l'inverse aussi des fois dans cette jeunesse, dans cette ivresse. Un jour on est pétrifié, un autre on se croit déjà le roi du monde. Doublant les autres concurrents, attaquant comme un mort de faim dans le dernier tour avec le sourire crétin du vainqueur. Comme Gammoudi. En 68. Avec elle j'ai cru que c'était dans la poche, que c'était gagné d'avance, car elle était assise sur mon lit bien rangé. J'avais acheté des fleurs. J'ai perdu ma jeunesse, j'ai perdu confiance.

Mais rien n'est gagné d'avance et elle m'a donné un baiser au petit matin, mais sans donner autre chose, et tu cherches toute ta vie brisée ratée comme un malade où est l'erreur. Si tu as dit le mot de trop, le mot qui trouble, la phrase inutile qui a brisé l'instant fragile. À cette époque le jeune garçon est loin de la rock and roll attitude même s'il a fait toutes les bonnes études. Qu'il a étudié les lettres modernes à la Sorbonne.

Dans la cour du château où je me réveille, un jouvenceau sourit, joue la demoiselle.

Il est encore loin coincé dans son conformisme ambiant de sa famille patrie de trouver la parade avec la fille du vent et du soleil. Il est encore loin du but ultime de trouver d'inventer d'improviser et de lui dire avec amour tous les Mots Bleus. Les seuls qui peuvent l'amener à t'aimer d'un amour exclusif.

J'ai perdu au poker, j'ai perdu la conscience. Quelle vie étrange, plus de mots bleus. Plus de poètes, de poésie. Les poètes ils mettent des couleurs sur le gris des pavés quand ils marchent dessus ils se croient sur la mer. Leur âme est carafe sous les ponts de la Seine.

Elle habitait Martine Carini à la porte de Saint-Cloud. Tu sais ces immeubles immenses qui dominent la place avec ces petits balcons ensoleillés d'où tu aperçois le Café Restaurant : Les 3 Obus, lieu de rencontre de tous les amoureux du quartier.

C'était le mois de juillet, j'étais venu de bonne heure, elle se réveillait à peine, elle avait des cheveux bruns d'une douceur éternelle, des cheveux soyeux, elle sentait bon le café chaud et la confiture d'abricot. J'avais acheté des croissants chauds.

Elle s'est serrée contre moi sur le petit balcon. On s'est embrassés légèrement, comme au début d'un grand amour, mais dans mes souvenirs torturés qui me hantent encore la nuit et toutes les nuits, je ne me souviens plus du tout pourquoi le grand amour n'était pas au rendez-vous. Pourquoi comme pour Julio le grand amour n'est jamais là, mais c'est Charlebois qui le chante si joliment. Pauvre Julio dans son habit de Torero.

36

Et pourquoi l'homme se plaint toujours de son sort quoi qu'il fasse de la naissance jusqu'à la mort. J'ai perdu la beauté le goût le toucher.

Et puis un jour c'était bien plus tard dans ma vie de jeune homme. Un jour j'ai perdu la femme de ma vie. C'était une jeune fille, une adolescente. Elle s'appelait Pascaline. C'était une petite Maryline de banlieue aux cheveux si blonds, aux yeux si clairs. Mais si volontaire portée par l'Extrême Obligeance à te faire rendre les armes.

Je l'ai embrassé à la station Michel Ange Molitor, un jour de chance, très longtemps comme si le temps n'existait plus et puis elle est descendue dans le métro.

Je me demande encore pourquoi alors qu'il le fallait, qu'elle le voulait, le demandait de ses yeux attendris si jolis, qu'elle était si fragile, si difficile, je ne l'ai pas suivie pour la vie et que je n'ai pas descendu ces escaliers de la porte Molitor. J'ai perdu la raison, j'ai perdu ma maison.

Elle ne m'a pas pardonné, elle m'a oublié et moi j'ai oublié de l'oublier. J'en pleure encore comme toi, comme un enfant perdu quand tu te rends compte que tu as raté ta vie. Et depuis paré de cet amour, j'ai dansé tour à tour tous les chants de la Terre.

Qu'est-ce qui te retenait ce jour-là de descendre ces putains d'escaliers du métro ? Ce 15 juillet à 5 heures. C'était un rendez-vous imbécile à la maison de la Radio. Pour du travail, toi qui ne faisais rien. Renvoyez-nous d'où on vient, d'où on est né, d'où on se souvient des perles de tendresse sanglots de l'ivresse. J'ai perdu mes papiers, j'ai perdu mon identité.

Et puis j'ai raté Dorothée Guérin à l'aube de ma trentième année, mais là c'était impossible de l'avoir pour de vrai. C'était une fille d'un charme fou qui rendait fous tous les garçons à la ronde.

Elle avait une cour de prétendants qui l'entouraient, qu'elle n'aimait pas plus que ça, avec qui elle n'avait aucune liaison amoureuse même sexuelle surtout sexuelle, mais qui s'étaient donné comme mission de la protéger dès qu'un play-boy de pacotille, dès qu'un petit blond bien balancé, un petit chanteur à la mode venait lui tourner autour.

Des espèces de gardes du corps, des amis très proches, des confidents, des amoureux transis des collègues de bureau en extase, mais impuissants mais pas des amants. Un peu comme dans le film : *Un monde sans pitié*. Il fallait prendre un rendez-vous avec eux pour un rendez-vous avec elle.

C'était une fille sérieuse qui doit le rester. J'étais un peu comme Hippo. Mais moins débridé, pas fauché, moins poète déjanté. Je payais le gaz et l'électricité. J'ai perdu le nord, la tête, un soir d'été.

Et pourtant j'ai eu ma chance. Je l'avais invitée à un concert au Palais des Sports de Monsieur Eddy au sommet de sa gloire en revenant de Nashville avec la Fille du Motel et puis je l'avais invitée à dîner dans un de ces restaurants en face à la porte de Versailles. À la mode.

Quel souvenir imprenable de la jeunesse perdue, de ce bonheur intense à ce moment de ta vie que tu n'oublies pas, mais comme toujours pour les joueurs de troisième division, j'étais incapable du moindre risque, de la moindre anticipation de l'exploit.

37

De ce mot qui pourrait la faire chavirer et l'embrasser et de la serrer. De faire le premier pas, de se jeter à son cou même dans la voiture quand tu la raccompagnes près du Stade de Courbertin devant la porte. Tu t'avances et puis tu recules. Paris est si petit quand on le regagne à la nage. J'ai perdu mon adresse j'ai perdu mon âme j'ai perdu mon chemin. J'ai claqué des doigts, mais la tour Eiffel ne s'est pas éteinte.

Je lui ai fait la cour pendant des jours et des jours, mais avec ce genre de fille quand tu rates la première impression, le premier jour du reste de ta vie, tu peux toujours courir et puis c'était une de ces filles tellement entourées de garçons fous amoureux d'elle qu'elle ne savait plus. Elle était tellement courtisée, tellement convoitée qu'elle restait seule, insensible comme une princesse perdue dans son palais.

Près de Boulogne qui se désespère. Comme au Pays basque. On reste dieu merci à la merci d'un lampadaire à la merci d'une étincelle. On reste dieu merci à la merci d'un Abribus.

Et puis j'ai raté Charlotte, mais tous les hommes ont raté Charlotte un jour. Toutes les Charlotte et surtout elle à Houlgate. Elle avait les cheveux châtain clair et les yeux verts et le charme et des baisers que tu peux en mourir, mais j'écrirais un jour Charlotte. Sur la côte Normande. À l'hôtel de la Plage. Le Grand Hôtel. À Cabourg.

Et puis aussi j'ai raté Margot comme dans le Conte d'été de Rohmer. Comme tous les garçons l'été de leurs 18 ans. Ceux qui veulent devenir Matelot. Pour la fille du Capitaine. Amour trop bel amour, vagabonde qui pourrait nous chanter à la ronde.

Mais au Pays basque et aussi dans toute la France des bords de mer, il existe des plages un peu spéciales ou sur le sable chaud, tu peux bronzer sans maillot de bain. Les filles surtout, mais aussi les garçons et les filles de tous les âges de toutes les nations et les enfants aussi.

C'est la nature qui reprend le dessus. C'est le retour à l'état sauvage dépouillé des oripeaux dans le plus simple appareil. Nu au Soleil. Tout nu et tout bronzé sur la plage abandonnée. Aux Romantiques. Romantique, mais à poil.

DERNIÈRE CHANCE COMME AU CASINO.

Dans le temps. Au temps de la première jeunesse, quand tu sors de l'enfance, quand tu sors des jupes de ta mère, après la première communion, quand tu étais un ange, le petit garçon à sa Maman qui te prenait la main sur le chemin des écoliers les matins d'hiver. Bien avant dans la vie d'avant. Moi même je venais au Pays basque pour faire le tournoi de tennis de Chantaco. Un petit coin de paradis. Chantaco dans ce beau pays. Basque.

J'étais assez bon, prometteur d'avenir au niveau sportif. Un négatif un moins 15 un moins que rien, mais qui se la jouait un peu sur le court. J'étais un peu comme un frimeur, rouleur de mécaniques pour attirer, pour allécher les filles de la plage, mais un mec qui ne jouait pas si mal.

38

C'était mon service mon atout majeur. J'étais pas une pointure, mais un petit espoir déçu de la France. J'avais joué la Coupe Galéa. J'étais la fierté de mes parents qui me soutenaient, qui me donnaient un peu d'argent de poche. Pour dormir à l'Hôtel de la Plage.

C'était avant, je n'avais pas le temps d'aller à la plage, je restais à l'hôtel au frais, je me faisais masser par des filles blondes dont le métier était de réparer ton corps endolori et plus avec la belle kiné blonde attendrissante. Si affinités. J'arrivais souvent en finale le dimanche et les vacanciers venaient du Camping voisin après le poulet purée du déjeuner en famille pour admirer le style chaloupé, le revers à une main obligatoire comme Roger avant Borg et la volée amortie.

Comme Panatta. Comme Baptiste. Je vivais un peu comme une vedette, mais de troisième zone, et je dormais près de mes raquettes.

Je faisais la sieste, je buvais de l'eau pétillante et je vivais pour le public venu des plages lointaines avoisinantes pour me soutenir. Je jouais pour les filles du premier rang qui revenant du Golf miniature qui venaient en fin d'après-midi s'installer dans les gradins.

Je pensais parce que j'étais beau et qu'elle rêvait de moi. Que j'étais le beau qui fait rêver les filles aux alentours. Les filles du littoral. Enlaçons dans le grand feu de l'été. Donnons-nous le baiser des Adieux.

Mais aujourd'hui j'ai le temps après le déjeuner. Après un petit poulet basquaise à l'auberge du village, joli petit village de Bidart, sa petite place du village, ses villageois, sa pelote basque et après tu descends la grande route. Et là tu vois la mer à perte de vue et cette plage à l'infini…

D'abord c'est la plage pour les parents et les enfants et les maîtres nageurs qui te surveillent si tu dépasses la vague fatale comme à Malibu. Le torse nu et les filles en bikini et le soleil sur la peau qui te brûle et ça fait mal. Alors ils se tartinent de la crème qui protège et ils courent sur le sable mouillé. C'est les vacances d'été et ça ne changera jamais.

C'était pas mieux avant c'était pareil. Je n'étais qu'une ébauche au pied de la falaise un extrait de roche sous l'éboulis dans ma cité lacustre à broyer des fadaises.

Mais si tu continues ta route vers le soleil au large. Si tu marches tout droit un peu plus loin, si tu longes le rivage alors tu découvres un certain paradis. Ou l'enfer si la vue de la nudité du corps de l'homme et de la femme te met dans tous tes états.

Tout d'un coup sur la plage il y a plein de gens, des filles des garçons de ton âge, des jeunes des vieux des enfants, mais tout le monde est nu entièrement nu. C'est la plage des tous nus.

Des plages où tu peux être tout nu et c'est autorisé par la Préfecture. À perte de vue.

39

Ils sont tous là. Tous les Français. Les riches les pauvres les beaux les belles et ceux moins bien les moyens bien, les moyens moches, des bobos beaux, mais blancs et des filles de l'Est et du Nord à tomber et des danseurs du Moulin Rouge et du Paradis Latin. Des Bobos pas beaux et des homos très beaux. Et des filles enlacées. Entre ses doigts l'argile prend forme l'homme de demain sera hors norme.

Des enfants en bas âge qui barbotent au bord de l'eau, des petites filles qui font des pâtés quand elle est retirée la mer sous le regard attendrit de leurs mamans si nue et leur papa à poil et après ils se baladent au large sans le moindre attribut qui cacherait au moins leur sexe au repos. Une feuille de Vigne. Ils se promènent main dans la main. Comme Jacno qui était très beau. Avec Elli. Beau comme Bowie. Je vous salue Marie pleine de Grâce. Jacno il venait d'ailleurs.

Les gens se croisent. C'est un monde de dingue, on se croirait dans le métro à l'heure de pointe, les pieds dans l'eau.

C'est les vacances au bord de la mer, les congés payés. Mais pas assez pour le maillot de bain. De Blé.

Alors moi je suis déshabillé allongé. Je prépare mon corps d'athlète aux plus hautes performances. Il faut pour avoir Laure, pour avoir toutes les chances de son côté, être bronzé aux extrêmes. Des deux côtés. Recto Verseau. Je voudrais être un noir. Noir tout noir. Mais j'ai le vertige quand elle me sourit avec ses yeux là.

Et sur la plage aussi quelques beautés alanguies qui attirent le regard des hommes quand elles se lèvent pour aller se rafraîchir quand la marée les appelle pour le bain et puis quand elles reviennent et s'allongent sur leur grande serviette mauve comme une épave sur le sable mouillé. Rayonnante.

Pour quelques sourires j'en ai connu des temps morts. Pour que mon corps soit bronzé entièrement je me laisse endormir sur la plage des dénudés.

Pour que mon corps soit le plus attrayant possible. Pour l'acte final, la finale avec Laure, le final en Scope et en Couleurs, l'acte d'amour incontournable. Il faut le fond et la forme, la tête et les jambes et le charme et les mots que tu trouves pour qu'elle tombe enfin dans ses bras. Les miens. On ne peut plus se mettre à dos sur le chemin le Romarin.

Mais avant nous avons rendez vous au dernier jour avant le grand jour pour un Jogging en pleine nature avec la Noblesse au grand complet sportive et en short fluo sur la grand route en petite foulée avant l'orage qui est prévu pour la fin d'après-midi.

Toutes les excuses que l'on donne sont comme les baisers que l'on vole il reste une rancoeur subtile qui gâcherait l'instant fragile de nos retrouvailles.

40

QUE LA NUIT SE LÈVE ENCORE.

Pour avoir Laure une fois dans ta vie, c'est déjà le moment de ta vie, le seul moment au moment de mourir, de souffler le dernier souffle qui te restera à donner à l'infirmière qui a les yeux verts comme dans la chanson de Souchon. Tu lui souffleras son nom quand ta mémoire sera engloutie par cette terrible maladie qui frappe tous les anciens, mais il te restera ce moment, juste celui-là, ce souvenir unique qui t'a rendu bien malade, mais qui a fait de ta vie un Enfer et un Paradis.

Avec Laure tu auras les deux en même temps. Pourquoi l'homme se plaint-il toujours.de son sort d'où qu'il vienne de la naissance jusqu'à la mort.

Tu te souviendras que d'une chose de ta pauvre existence. Qu'une seule journée passée sans elle était la plus grande souffrance de ta vie qui commençait. Qu'un seul instant sans nouvelles d'elle te diminue. Tu finis diminué anéanti. Seule l'infirmière te tient les yeux ouverts sur l'infini. Elle est belle et elle a les yeux verts. Tu voudrais encore lui plaire dans ton jardin d'hiver, mais elle, elle est au printemps alors elle te sourit. Car c'est très grave. Ce qui t'arrive. Mon pauvre vieux t'es en train de mourir.

Elle t'appelle Jim ou Jimmy. Alors tu meurs Jimmy. Tu meurs Jacky. Que c'est dur de mourir au printemps.

Il faut être en même temps, pour avoir Laure, un peu viril mais pas trop. Un peu féminin mais pas trop. Il faut la ramener un peu sa fraise, mais aussi être discret, être un ange et un démon, rouler vite sur la route des montagnes, aimer les chiens et les chats andalous.

Il faut être drôle, mais pas lourd, jouer à tous les jeux, mais Laure elle n'aime les supporters, les aboyeurs, les dragueurs de supermarché. Il faut l'éblouir, la surprendre, prendre un bateau au bord de la Loire, prendre un autocar même si le tracteur est cassé. Il faut hisser haut le drapeau. Il faut tracer dans le bleu.

Il faut sortir les biffetons à l'addition et lui demander si elle veut encore un dessert et la lune. Il faut l'aimer quand elle le veut et devenir l'ombre de son ombre. Quand elle voudrait être seule. Parfois les filles le veulent. Silence sur ses lèvres comme je respire de l'aimer follement. Tu peux commencer à compter les étoiles. Laure, elle t'oublie. Demain matin elle arrive à Paris.

C'est une meneuse de revues, une première de cordée, elle fait la loi et tu t'y plies, tu la regardes et tu fonds. Elle est belle comme un silence après une avalanche. Elle nous a pris par surprise. Allez, les amis. Un petit footing en fin d'après-midi sur les petites routes, dans la verdure. Du Pays basque.

Tout le monde a mis son short. La noblesse française est de la partie. Les jeunes Français de notre avenir futur, les prochains chefs de l'entreprise, les hauts fonctionnaires ont mis le tee-shirt décolleté sur les côtés. Paul a mis son Marcel. Mais Le petit Paul c'est encore un gamin. Il fait encore chaud, il avait annoncé des orages dans la soirée. Elle est belle comme une île déserte pour le perdu en mer. Laure c'est des baisers c'est des caresses à défoncer le tiroir-caisse.

41

La balade est belle, on voit la mer au loin et on court. Tout le monde est là comme au départ du cross de la Courneuve en hiver, tu te souviens dans la boue et le vent, mais là on n'est pas chez les Cocos. Le Duc mène la course suivi de la Duchesse et le Prince souffre déjà.

Pas en forme le Prince pas comme la Princesse qui impose un train d'enfer à la petite troupe qui serpente dans la forêt. Le tempo est soutenu, personne n'arrivera à bon port dans le ciel les nuages se forment en ribambelle. Si tu aimes Paris quand vient l'orage tu vas aimer le Pays basque sous les grêlons. Les plus gros de l'hexagone.

Le souffle devient court pour les coureurs débutants. La jeune Comtesse demande ou est l'arrivée, le jeune Comte est distancé. Paul est à la traîne. Laure alors passe en tête. Je la suis. On est maintenant côte à côte, elle me regarde. Elle est belle comme une chaîne aux pieds des galériens, elle est belle comme un souvenir au milieu du chagrin.

Oh que voudras tu que tu n'aies déjà mille fois j'ai prié, mais Dieu ne croit pas en moi.

Alors le tonnerre gronde, les éclairs nous éclairent, ça va tomber comme à Gravelotte, il faut le sprint final, la maison n'est pas loin, mais toute la pluie tombe sur moi. Sur nous. La noblesse française est trempée, mais elle est indemne. Parfois Dieu ou personne pour punir les hommes leur offre ce qu'ils veulent. Un souffle d'avant gagné sur l'instant.

On se retrouve dans la cuisine, mais pourquoi dans la cuisine. On sort les serviettes de bain pour éponger. On est détruits essoufflés d'avoir couru si vite pour notre survie. On se calfeutre. Là-bas dans ce pays des Pyrénées l'orage gronde vraiment. Dans l'herbe bleue de son iris une promesse étonnante la fortune et le goût du sang.

Et là on a fermé toutes les fenêtres et les portes pour rester dans l'obscurité surtout pour nous protéger de la pluie diluvienne qui s'abat sur les vitres qui tiennent le coup, car dehors il fait nuit à quatre heures de l'après-midi en plein été. Les enfants ont peur. Les petits chats s'enfuient.

Soudain Laure enlève le bas et le haut. Elle est en maillot de bain, mais de Bikini les cheveux défaits.

Elle est belle comme ces nageuses des Jeux olympiques d'antan quand elles arrivent au bord du bassin et qu'elles laissent tomber le peignoir de bain pour apparaître presque dans le plus simple appareil avant de plonger dans le grand bain de la gloire éternelle. Au bal, promettons-nous avant que le malheur nous ronge un rendez-vous. Alors rendez-vous. Rendez-vous.

Laure ouvre la baie vitrée. La pluie gicle de tous les côtés et elle se lance comme on se lance à la fête foraine sur les manèges enchantés. Elle se jette sur la pelouse verte glissante. Elle glisse sur l'herbe, mais pour moi impossible de voir ça, de me précipiter pour voir son corps dévaler la pente. Et cette façon que tu avais de te serrer contre le revers de mon smoking blanc cassé.

42

D'ailleurs personne n'ose d'effroi. Alors j'imagine la suite. Elle roule sur elle-même flagellée par les grêlons gros comme des balles de tennis en argent.

Son petit deux-pièces vole en éclats, elle se retrouve nue et seuls les éclairs et les anges et les extra-terrestres peuvent la voir tomber dans la piscine avec son eau secouée des gouttes qui s'écrasent.

Elle nage dans la fureur, elle disparaît sous l'eau et nous on compte les minutes angoissées de cette folie. C'est comme une répétition avant le jour suprême de la compétition ultime. Elle est allée voir si l'herbe est assez folle pour s'y donner, pour s'y abandonner…

Et puis elle revient trempée de pluie toute nue dans le simple appareil, juste le temps de s'enrouler dans une grande serviette. On n'a vu presque rien, mais ce rien est beaucoup et secoue. Voir une fille nue ce n'est rien. Voir Laure dévêtue, c'est comme voir le ciel sans y monter jamais.

Et puis on boit un thé chaud qui nous réchauffe. Si elle pleure Laure bientôt sur la mer viendront planer si elle pleure de gros nuages de pluie qui passeront sur sa vie et lui donneront l'envie de pleurer alors elle pleure humide du monde.

ELLE REVIENDRA OU PEUT-ÊTRE.

Demain Laure m'a prévenue, elle l'a dit à tout le monde, demain elle repart vers d'autres vacances, d'autres amis. Tu n'imagines pas les vacances de tes 20 ans ou tu bouges sans arrêt de plage en plage. De village en village en avion en bateau sur les sentiers à la découverte. L'été de tes 20 ans ne s'oublie pas en stop en camion sur la bâche arrière avec tous les amis. Les amants les copains et les copines réunis le soir au feu de camp.

Sur l'autoroute des vacances, elle descend vers le Midi. Elle repart vers d'autres vents, vers d'autres conquérants de son corps. D'avoir Laure comme un Trophée. La vie est trop courte pour qu'elle soit petite.

Elle sera la désirable la désirée. Elle sera Désirée comme la chanson de Bécaud bientôt loin de toi comme une Fille de la Véranda que tu n'as vue qu'une fois. Demain, mais demain il te reste un espoir. Pas question de fin d'après- midi de double mixte. Mais le matin de très bonne heure avant que les enfants prennent la leçon de tennis à 10 heures. Pétantes.

On en parle comme ça comme d'un dernier rendez-vous. Un unique projet sans vraiment l'affirmer. Le préciser.

Elle a dit, je me souviens : « On peut jouer demain matin à 8 heures et demie si tu veux avant les enfants. » Mais elle l'a dit comme ça dans la foulée sans se retourner sans confirmation sans promesse sans jurer. Mais je serais là et toi seras-tu là. T'as intérêt à être attentif, elle est rapide. Elle ne répète pas deux fois. La même chose.

43

Alors demain le grand jour. Peut-être. Finalement elle te laisse une chance. Le stade demain sera plein à craquer. Le *starter* est prêt. Prépare-toi bien, c'est une fois dans la vie. La finale devant le monde entier rivé à son téléviseur.

La nuit sera longue comme avant les grands rendez-vous. Avant que ta vie change, avant que la grande destinée te choisisse enfin.

Enfin l'aube arrive enfin à Saint-Jean. Tu laves ton corps encore et encore.

Tu te coiffes même avec un peigne. Tu as lavé tes cheveux deux fois et mis une lotion qui les adoucit. Une lotion qui fait le cheveu plus doux et caressant. Tu t'es parfumé, mais pas trop. Tu es prêt mon petit gars pour le grand frisson, pour l'exaltation des corps endormis alors tu sors et tu prends ta mobylette. Direction le terrain de tes exploits.

Tu quittes Saint-Jean le cœur tremblant. Saurez-vous m'attendre de jours de novembre en longues nuits d'hiver ? Viendrez-vous aux fêtes de la Saint-Jean nous rejoindre comme avant Amour ? Amour. Amour.

Alors il fait beau sur la route de bon matin après les déluges de la veille, il reste quelques flaques d'eau sur le bord de la route, le soleil se pointe à l'horizon et puis à Guéthary, une ville où Georges a vécu heureux, c'est la panne, plus de mobylette qui t'entraîne, elle est cassée et tu es comme un pauvre con au bord de la route…

Comme disait l'autre, tu peux mourir tranquille après ça ou finir ta vie dans les souvenirs les plus intenses. Tu auras vécu ça, mais justement tu ne vas pas le vivre.

Souvent Laure s'échappe au moment le plus crucial, une faute d'inattention, un ennui physique, un ennui technique, de mauvaises conditions climatiques, le stress qui te bloque. Et le champion est à terre. Terrassé.

Mais une mobylette en carafe c'est le fond du fond pour le pauvre garçon qui aura tout raté et qui pouvait toucher par chance le *jack pot* et qui se retrouve sur la mauvaise route d'une mauvaise vie à deux doigts du bonheur suprême dans un garage qui ouvre à peine et le mec qui n'y connaît rien dans cette marque de mob.

C'est le temps juste qui va te manquer. Le temps qu'il faut pour réparer une mob en panne sur la route des vacances, le temps précieux qu'il te manque, ce rencard manqué à la porte des Lilas. Tout te revient dans cette vie foutue pour les malchanceux.

J'avais acheté des fleurs comme toutes les semaines, du lilas, mais un malheureux s'était jeté à Opéra sous le métro en marche avant pour foutre ta vie en l'air et la jeune fille avait filé. Une Anglaise que tu aimais.

44

Mais les minables restent des minables. Même pas capable de réparer cette mob, juste un petit fil détaché, tu aurais pu en trois secondes résoudre le problème et foncé vers le bonheur attendu, mais tu as paniqué devant l'obstacle, tu as oublié l'essentiel, tu as perdu la lucidité qui fait du champion un être immortel que rien ne peut empêcher d'atteindre son but.

Mais toi tu te perds et tu vas perdre bêtement comme un nul. Avais-tu deviné que des Dieux se cachaient sous des faces avinées ?

Tu vas rater Laure d'un fil, un petit fil de mob défait. Toute ta vie sera défaite par cette défaite improbable et misérable. Quand les larmes montent. Quand le moral descend. Quand on rame de honte. Quand parfois on surmonte. Quand un jour on affronte. Quand on manque de temps, quand on respire l'instant. Fatal.

Alors tu t'assois sur la cendrée encore trempée, encore en sueur de ton effort si vain. Comme Jazy à Tokyo. Tant de sacrifices, de vie à espérer, de te faire un corps sculpté bronzé pendant des heures et des heures sur la plage abandonnée aux romantiques sans un vêtement.

Tu n'as plus qu'à rêver ce rêve, rêver ta vie dans des vies de rêves. Tu es si loin de la réalité soudain, réduit à néant et pourtant tu étais si beau dans ton short rose fluo avec tes jambes si hautes rasées de près luisantes. Tu étais le Tourne Coeur. Le vrai.

Tu avais ce corps de rêve dont les filles raffolent à la sortie du cours privé, les cheveux courts, mais pas trop et blonds comme les blés, prometteur d'avenir, un vrai héros dont la France entière aurait salué l'exploit. Aussi beau que Galfione. Que Kevin Mayer.

Un garçon de chez nous. Regarde comme c'est beau, il roule dans l'herbe avec Laure, il a gagné le cœur et le corps de Laure. De haute volée à la régulière. De l'amour pur et sans faille.

On attend le concurrent, il a tellement attendu ce moment, tout est prêt pour le sacre, il est seul en piste, il a réussi les épreuves éliminatoires.

Il a séduit l'assistance de son charme qui fait vraiment tout et Laure est prête à tomber dans ses bras musclés. Les conditions météo sont favorables, un petit vent frisquet du matin, de ce bon matin ensoleillé dans la rosée de l'herbe folle. Il n'a plus qu'à aller s'allonger près d'elle, mais il n'est pas là ce con. Mais il est ou notre héros, le chevalier, le prince charmant. Il est au garage panne de moteur. Sur ma mob je péris.

Il faut être en même temps un séducteur, un artiste, un sportif, un intello de gauche, mais aussi un mécano en général pour avoir le bonheur total de toute une vie réussie et rouler dans l'herbe avec Laure au petit matin alors que le monde entier en été fait l'amour. À 5 heures du mat, j'ai des frissons.

45

OUVRIR EN DEUX LE CIEL.

Alors je serais arrivé dans la demeure silencieuse ou tout le monde dort encore, je serais descendu directement aux vestiaires près de la piscine pour me préparer. Encore une dernière préparation avant le grand saut.

Alors première version. Elle serait arrivée elle aussi me surprenant à l'improviste. Peut-être même que je suis encore sous la douche encore pour être sûr de tout, de toute mon hygiène corporelle et là d'un regard elle aurait jeté son deux-pièces à la mer. Elle m'aurait rejoint sous l'eau chaude et savonneuse. Laure elle est comme un ange qu'aurait pas d'ailes.

On se serait collé serré l'un contre l'autre comme une évidence d'être là au bon endroit au bon moment. Que c'était écrit dans les livres, que ce jour était notre matinée qui se lève et que l'herbe folle était notre herbe, que la piscine était notre eau de jouissance, alors nos corps tellement pressés là on aurait conclu dans ce vestiaire un peu pourri debout ou alors sous la douche. Non c'est trop nul, il y a un autre scénario. Plus Olympique, plus Héroïque. Tumultueux.

Elle serait arrivée un peu plus tard les cheveux dans le vent juste sortant du lit la belle endormie réveillée par les baisers du Prince charmant. Elle serait venue à ma rencontre en courant légèrement ne voulant pas rater ce moment de communion un peu en retard. Oui c'est ça je l'aurais attendue au fait de ma puissance, de mon talent, sûr de mon fait et l'attente est déjà le plaisir.

Quelle belle rencontre. Quelle belle fin. Une histoire d'amour en trois actes. Unité de temps d'action et de lieue. Comme en vacances au bord de la mer.

Elle aurait mis la main sur mon épaule comme d'habitude pour descendre vers le cours de tennis, mais dans la rosée du matin elle aurait glissé.

Elle aurait glissé tout entière m'entraînant dans sa chute volontaire. On aurait chuté dans l'herbe glissante. Au fond elle n'est qu'un journal mouillé enveloppé de moules vertes.

Et les balles de tennis se seraient répandues dans le jardin. Nous entourant comme un parterre. Délimité. Tout est prêt pour le final. J'imagine des caméras aux quatre coins de la demeure pour ne rien rater de cet exploit sous les yeux de milliers de gens suspendus en ce matin frais du mois d'août attendant le dénouement. L'assaut. La Finale. Avec Lelouch en caméra cachée. En Haute-Savoie face caméra. Coupez.

Tous les projecteurs se seraient allumés en même temps. Ils se seraient braqués sur les deux acteurs, les deux amants exultant l'un contre l'autre roulant s'embrassant se déshabillant s'arrachant ce qui reste d'habit et là ce serait allé très vite.

Ce fût violent et rapide comme Lavillenie aux Jeux olympiques qui s'élance pour son dernier essai et qui plante sa perche comme un mort de faim avec la rage et qui s'élève vers le ciel et qui meurt de plaisir les bras en croix en redescendant sur le tapis en mousse, mais volant de ses propres ailes.

46

Vers le Septième ciel, victorieux, et puis après on reste sans bouger nus dans l'herbe plus humide du tout, mais soudainement chaude de nos ébats fougueux. On se regarde tendrement. On n'oubliera jamais.

On le fixe dans sa mémoire ce moment pour la maladie d'Alzaheimer qui viendra un jour ou l'autre quand aura sonné l'heure des adieux déchirants et puis elle se lève. Je la regarde. Que Laure est belle nue au petit matin. C'est la beauté à l'état pur sauvage comme les Prisonnières du désert.

Elle jette ses cheveux en arrière comme un tableau de Maître impressionniste. J'ai l'impression qu'elle heureuse de cet amour pur est sans faille. De l'or de la chair de l'ivresse. On a mordu au citron de l'idéal, mais vite il faut se rhabiller.

Redescendre sur la terre ferme.

Les enfants vont arriver après le petit déjeuner. Je me lève à mon tour dans un autre monde, je fais partie d'un autre monde, j'ai mes galons, la médaille, je me changerais en or pour l'aimer encore. J'ai le sentiment d'avoir trouvé un trésor qui vaut de l'or.

Avec Laure l'amour physique est sans issue. C'est le bonheur et le malheur et la mort. Mais j'ai la médaille d'or. J'ai Laure. J'aurai le respect à tout jamais quand le monde entier prendra connaissance de cet exploit. De ma victoire.

Tu aurais eu ta divine et toi redescendu des hauteurs éternelles comme un dieu un vrai dieu de l'Olympe du stade en furie. Elle t'aura anéanti, mais tu auras le Père-Lachaise pour tes funérailles nationales en direct à la télé en Eurovision et ta tombe sera fleurie autant que celle de Jim Morrison et celle de Christophe. Et les pèlerins viendront se prosterner. Du monde entier toutes les pèlerines. En Pleurs. Se prosterneront devant la dépouille du beau qui rêver les filles.

Et puis un jour Laure ne sera plus en or. Elle sera en blanc avec des enfants. La jeune fille qui sort de la Mairie. Il sera 6 heures au clocher de l'église. La jeunesse sera finie et le temps de l'amour et de l'aventure. Quel beau rêve. Elle sera pour la vie enfin régulière. Cette belle Irrégulière. La plus belle.

Mais la vérité de cette histoire. C'est que je suis sur la route à la recherche d'une station-service ma mobylette à la main. Une vraie allure de perdant, de pauvre type, un corps de super athlète, mais la mine défaite par la défaite. Déjà la fin de ta carrière. Laure ne passe qu'une fois tu le sais. En fait ce n'était rien. Un petit fil détaché.

N'importe qui aurait trouvé la réparation qui s'impose et quand je suis arrivé enfin elle n'était pas là. Plus là. Alors j'ai erré. Démoli. Mon plus bel incendie comme je t'ai tué et partout je me perds à ranimer le brasier.

47

Et plus tard, au moment des adieux programmés à midi comme je lui ai dit innocent : « Tu n'étais pas là ce matin », avec cet espoir fou de n'avoir pas raté ce moment. Elle m'a dit : « Si j'étais là », en souriant, en s'en allant, mais c'est sûr qu'elle n'était pas là. Elle ment effrontément, mais je me souviendrais toujours de ce moment. Merci pour ce moment qui a détruit ma vie à jamais. Finalement on m'enterre au cimetière de Bagneux. Comme les gueux de Romorantin. Les Indigents. Elle ne viendra pas à mon enterrement. Le Monde est stone. Venez plutôt m'abattre.

Elle s'en va pour toujours comme dans un rêve, un mauvais rêve et si beau, je revois son sourire quand elle part. Comme dans la chanson de Rose. Un sourire qui me dit mon pauvre garçon j'étais là et pas toi, mais ce n'est pas grave, mais tu as raté Laure. Et tu as raté ta vie. Nous reverrons nous l'année prochaine tout reste à prouver le bonheur lui-même la joie des amants la paix des corps vous reste à prouver que j'ai tort.

Le Parcours de la peine s'arrête un seul été à l'échancrure vierge du corps d'une fée. Le Parcours de la peine continue aujourd'hui jusqu'en ma chair même. Le Parcours de la peine je le prends tous les jours avec les Musaraignes avec les Vautours.

Dandy un peu maudit j'essaie de me rappeler encore une fois les accords de ce rock sophistiqué qui étonnait même les Anglais. Mais peut-être un beau jour voudras-tu retrouver avec moi Les Paradis Perdus.

Laure. Elle veut mordre au citron de l'idéal. Elle veut le début sans la fin. Elle veut prendre le large. Elle veut changer de peau. Elle veut un cœur griffé de satin rose. Elle veut repartir à zéro. Elle veut nous mener tous en bateau. Elle veut quelque chose de nouveau, Laure. Alors je me rends.

Qui pourrait nous chanter à la ronde « *Falling in love Again* ».

Laure, elle, voudrait partir loin d'ici. Rejoindre le Salsifis.

À Christophe.

Conception graphique : Agathe Boureau

Dépôt légal : Novembre 2022
Imprimé en Europe